兎角儚きこの世は

白井忠彦

Shirai Tadahiko

幻冬舎MC

兎角儚きこの世は

目次

魔女の涙

十代半ばから韓国ドラマにはまった私は、大学入学後に朝鮮史の研究をしていました。特に味気なく大学を卒業し、友人と会う機会も減ったことで人肌恋しくなっている今日この頃。堅苦しい書物達の中から興味深いものを一つ発見したので、そこに登場するある王について語らせていただきたく、筆を執ったまででございます。

一

さて、話の舞台は中世李氏朝鮮のユンという王の治世にまで遡ります。先に申し上げれば、彼はかの史上まれに見る暴君のことであろうと、歴史を勉強する者ならばすぐに思い当たる人物であります。然し、根っからの悪だったわけでも王位に就いた当初から荒れた政治をしていたわけでもありません。先代の王にあたる父の政治を引き継ぎながら不正や搾取を厳しく罰し、時には民に施しを与えていました。そのようなユンの幼少期は悲惨であり、とある出会いが心の底にあった過去を煽ったことで、破滅の道を辿ることになるのです。

ユンの母は王妃でありましたが、ユンの祖父の政略として家門で選ばれました。ユンの父には愛し合っていた本命の女性がいましたが、祖父には逆らえず、恋を諦めることになったのです。更に悲劇はそれだけに留まりません。父の愛した女人の一家に謀反の疑いが掛けられ、家族全員が処刑となってしまったことで、女人は首を吊って亡くなったのです。

これを知った父は目から血を流す程激怒し、自分の愛した女人の一家を陥れた犯人を徹底的に調べました。母の一家が犯人ではないかと見当は付いていたものの、明確な根拠がなく、この事件は不問となってしまったのです。恐らくこの一件の背後には祖父もいたのではないのでしょうか。それはあくまで私の憶測でございますので、今回は割愛致しましょう。

女人の一家が本当に謀反を起こしたのか、或いは陥れられたのか、事件の真相は闇に葬られたままですが、これがきっかけで父は消えることのない恨みを母に持つようになったのです。そして祖父の死と共に内側に秘めていたそれが爆発しました。

祖父の死と同じ年にユンは生まれました。ユンは生まれながらにして病弱であり、母は彼を直々に看病し、愛情を注ぎました。一方父はそれとは対照的に、自分の愛する者を惨殺した一家の娘が生んだ子として、ユンをたいそう憎んでいました。発作や湿疹で苦しむユンの元に出向くことは一度たりともなかったそうです。あまりに冷酷な父にユンの心も離れていきました。

ある日、そのような父の態度に耐えかねた母は父の元へ向かい、鬼の形相で訴えました。

「王様が私を憎んでいらっしゃることは存じ上げております。然し、あの子は王様の血を引いた正真正銘の嫡男でございます。私のことはお好きなだけ憎んでいただいて結構ですが、どうかあの子には王様の愛をお与えください」

母の必死の懇願にも父は耳を貸しませんでした。それどころか、母を見る目には更に影を含むようになりました。然し、それでも母は折れません。彼女は如何なる時も父とユンに厳しくも真心で接する女性でした。王妃である前に人として誠実な方で、自分のことを家柄だけで忌み嫌う王にも怯まず諫言《かんげん》し続けたのです。

先述のようにユンにも惜しみない愛情を注ぎました。白銀の雪景色に覆われ、寒さが一層厳しくなった頃、病床に伏せる十歳のユンの枕元で看病する母は穏やかな口調で問います。

「世子様（ユンのこと）、私は王様から嫌われているのにも拘わらず、なぜ王様に口うるさくすると思いますか」

母の看病で少しずつ気力を戻していたユンは、力を振り絞って口を開きます。

「王様のことを考えたことはありませんし、考えたくもありません。私には母上が理解できません。申し訳ないことでございます」

父への不忠とも捉えられる言葉でしたが、母は怒ることなく微笑み、山茶花を生けながら答えました。

「それはですね、王様への感謝と御恩を返すためです。王様の民への慈悲は海よりも深いもので、私は民の母です。私の子供達を大切にしてくださる王様には感謝しきれないですし、私にできる恩返しをすることを怠りたくはないのです」

一呼吸置くと、母は少し寂しそうな表情をしてこう付け足しました。

「その慈悲を世子様にも分け与えてくだされればこれ程嬉しいことはありませんのに……」

如何なる相手にも受けた恩は必ず返す、慈悲を施すことを忘れてはならない。この日のことをユンは深く胸に刻みました。同時に少しずつ父に心を開きかけていました。然しその矢先、この言葉が愛してやまない母の最後の教えとなるのでした。ユンの看病を終えて数日後、母は廃位されてしまいました。諫言を繰り返す母に我慢ならなくなった父と重臣達が結託し、母を精神的に異常があり、王を冒涜する極悪人として王宮から追い出したのです。母の真心が先王に届くことはなく、更にはそれを禍々《まがまが》しいものとして見なされた母の悲しみは想像を絶することでしょう。王宮から追い出され、農業だけを生業《なりわい》とする離れた村に移った母は、毎晩静かに涙を流していたそうです。そこには嘗てのような凛とした姿は微塵も見受けられませんでした。

そして精神異常の謂れは現実のものとなり、追い込まれた母は、秋風が静かに吹く夜に毒を飲んで自害という末路を辿りました。この訃報がユンの元に届いたのは、母が王宮を追放されてから半年後のことでした。母が王宮を出る時、ユンは我をも忘れて泣き叫び、母にすがり付いたそうです。ユンを嫌う派閥の重臣さえも、あまりにも悲痛なこの光景に胸を痛める程でした。ユンはあらゆる物事が手に付かず、徒に時が流れるだけで生きた心地がしていませんでした。もはや王宮を抜け出し、母に会いに行こうという想いだけが生きている証となっていました。それが叶う前に、虚しくも母は亡き者になってしまったのです。

二

母の死を知ったユンは来る日も来る日も後悔し、命を投げ出してでも母の元へ向かわなかった自身を憎みました。世の真理や学問を教えてくれた母の声と看病に精を尽くす手を思い出しては、父と重臣達に対する消えることのない恨みが湧き上がりました。この時、必ずや自分が王になり、亡き母の地位を復活させることを誓ったのです。そのためなら如何なる手を使うことをも厭わない不退転の覚悟を決めました。

然しその矢先、ユンの母が廃妃となったことに乗じて、上奏文を提出してユンを跡継ぎの座から降ろすことを訴える勢力が現れたのです。この頃には既に父も側室との間に何人か子供を儲けており、廃妃の子であるユンのことを疎ましく思っていました。その上にその派閥の力もある程度大きかったので、その目論見は果たされてしまうと思われました。然し、同時にその勢力に対して反発する派閥も少なからずおりました。彼らの長であり、ユンを支持するサホンがその事態を食い止めるべく向かったのは大妃《テビ》(ユンの祖母)の元でした。

「大妃様、王妃様を廃位するだけでは飽き足らず、世子様まで狙う不届き者達が王様を唆《そそのか》しております。どうか、大妃様のお力で王室の威厳をお守りください」

大妃はサホンに絶大な信頼を寄せていた上に、跡継ぎは嫡子こそふさわしいと血縁に拘る方だったので、サホンの申し入れを容易《たやす》く受け入れました。即座に父の元へ向かい、ユンを排除する声明を聞き入れないように唆しました。大妃の圧には父もとても逆らえず、結局ユンは跡継ぎの座を奪われずに済みました。実際にユンも心の中で憎しみの炎を燃やしていただけで表面上は何事もなく、ただおとなしくしていました。そのため、母が廃位になっただけでユンを排除する大義名分は、初めから十分ではなかったと言えましょう。

こうしてユンは大妃らに守られたわけですが、なぜ母は守られず廃位されてしまったのかは若干疑問が残ります。ユンは疎まれているとはいえ王の嫡子であり、学問は好みませんでしたが、特に不適切な言動はありませんでした。それに対して母はというと、祖父が亡くなり、一家に殺しの嫌疑が掛けられて弱体化していたこともあり、廃位から守る口実が十分に揃えられなかったという説が有力ではあります。或いは母と大妃の間に何か因縁関係があったのではないかと考える者もいますが、その点ははっきりしていません。

三

それからというもの不気味な程静かに時が流れ、ユンが十八歳を迎えた年に父が亡くなりました。母が追い出された時と同じように雪景色が広がる中で喪に服するユンには、あらゆる感情が入り混じっていたことでしょう。まもなくしてユンは王座に就きました。とはいえユンも一人で政治をするには幾らか若すぎるため、当分の間は大妃による垂簾聴政《すいれんちょうせい》という形で執り行われることになりました。基本的な内容は父の政治を引き継ぐ保守的なものでしたが、ユンはそれを承認し、忠実に実行していました。内心は憎き父の政治を押し付けられることに抵抗があり、父を遥かに凌駕する政治を施して聖君になりたいという想いがありました。政《まつりごと》を刷新する程の能力や知恵がまだなかったということもありますが、この時のユンの原動力のほとんどは亡き母の父への想いによるものでした。

また数年が経ち、ユンは市中の偵察に出ていました。これも先王の代には既に行われていたことであり、ユンの政権がある程度固まったことで始まりました。そこには豊かとは言えなくとも各々の商いを営み、人々が賑わう街並みが広がっていました。然し、そこから離れ、地方に足を踏み入れると目を伏せたくなるような光景が現れたのです。とある立派な屋敷を通った時、壁越しに声が聞こえてきました。気になったユンは連れの一人に塀から中の様子を覗くように命じました。

その連れというのはユンの幼馴染で親衛隊のジンという者でした。ジンはユンと同じ王宮で育ち、十年以上ユンの側についていました。当初ユンはジンのことをぼけっとしたやつだと思っており、ジンはユンのことを品性の欠片もないと思っていました。二人が仲を深めたきっかけは、十二歳の時の書庫でのことでした。本来書庫には限られた者しか入ることができませんでした。ジンは捕盗庁の長官の息子であり、秀才ではありませんでしたが、軍の戦略を立てて指揮を執る父の姿に憧れて兵法のような学問を好んでいました。そのため、書庫に保存されている書物を一度でいいから読んでみたいと思いました。そこである日の夜遅く、王宮の警備が薄くなった頃に書庫に侵入したのです。音も立てず、廊下を歩いていると一枚の紙が足元に飛び込んできました。拾ってみるとそれはあろうことか春画であり、訝しく思っていると突然自分と同じくらいの背丈の人間を灯りが映し出したのです。その相手がなんとユンだったのです。お互いに驚き、飛び上がりましたが、先に口を開いたのはジンでした。

「世子様、私は学問を究めたいがばかりに許されないことを致しました。どうか私を罰してください」

嗚呼、もう自分は終わりだと思い、どうせ終わるなら抵抗せず騒ぎ立てないようにしようと、ジンは自分を落ち着かせて言いました。人を呼ばれ、連行されるのだと思っていましたが、何故かユンの方が異常に動揺し、恥ずかしがっているようにも思えました。ジンはその意味を理解して、少しするとユンが口を開きました。

「そなたの熱心さは分かった。然し、ただで帰すわけにはいかないし、今後もこのようなことがあっては困る」

そう言うとユンは続けました。

「そなたが読みたい書物は私が取りに行こう。その代わり今日のことは誰にも口外しないでくれ」

ユンは書庫に春画を隠し、夜になるとこっそりそれを眺めに来て楽しんでいたのです。ここで二人は秘密を守るように男の約束を交わしました。その時以来、悩みを相談し合ったり、互いを認め合ったりして絆を深めるようになったのです。互いが互いの素の部分を受け入れ、時にはユンから勉強会に誘ったり、ジンから春画をプレゼントしたりしたこともありました。


話を戻しまして、屋敷の庭では真新しい着物を着た小太りの男の前で、みすぼらしい身なりの農民達が頭を地面に打ち付けながら何かを懇願しているようでした。

「我々は生活を犠牲にしてでも旦那様に作物を納めてきました。ですが、悪天候が続く中で更に税率を上げられるのは耐えられません」

「どうかお願いします。そこまで搾取してお偉いさんは我々に一体何をくださるのですか。我々が何者であろうとも過剰な取り立てには納得できません」

魂の叫びを放つ農民達を男は冷徹な眼差しで見下ろし、その訴えを無残にも跳ね除けました。

「年貢を納めるのはお前達の義務であり、それができないというのは国に反旗を翻すのと同じである」

そう言って手下の者達を呼び、棒で農民達を容赦なく叩き付け、痛め出したのです。その光景を連れの一人を経由して理解したユンはさすがに我慢ならず、男と同じ高官仲間と身分を偽ってユン自ら屋敷に入りました。

「これは失礼。最近近くに越してきたホン・ギュと申します。お取込み中申し訳ないのですが、粗品も持ってきてますし、お先にご挨拶させていただけないでしょうか」

男はばつが悪そうな様子でしたが、ユンを信じたのか、農民への懲罰を止めて屋敷の中へ招きました。こうして暫くの間、男と世間話をした後に王宮へ戻りました。

王宮へ戻るとユンはこの日に見た光景を振り返っていました。母君が信じていた父君の政治及び自身の政治によって弾かれ、苦しんでいる民がいることを初めて知ったのです。胸が締め付けられるような想いと同時に、この状況を打開すれば父君を超える聖君になれるという希望を見出していました。その晩ユンは、ジンにこのように尋ねました。

「今日余が参った地方で納めるべき年貢米は、収穫分の如何程に当たるのだ」

「四割と定められていたはずでございます」

暫く黙って考え込み、次の日ユンは暗行御史《アメンオサ》という潜入部隊を利用して、まずは年貢に関する不正の調査を始めました。ジンも昨日の光景から自分と同じものを感じたのではないかと考え、暗行御史に臨時で推薦しました。勿論ジンはそれを快諾し、調査に加わりました。高官達の悪名高さは母君を陥れられたユン自身がよく分かっており、民の怠惰より高官が搾取している可能性の方が高いとにらんだのです。その勘は見事に当たっており、ユンが訪れた地のみならず多くの地方で規定以上に搾取し、私腹を肥やしている高官がいたのです。ユンは激怒し、調査の中で不正が発覚した者を全員捕らえ、その度合いに応じて罰則や罷免を命じました。

この一件で年貢米の過剰搾取は大幅に減り、民の間にユンを称える声も上がるようになりました。そこからユンは年貢米に留まらず、他にも多くの不正を厳しく取り締まっていきました。このようなユンに対して引き続き評価する声が上がる一方で、容赦のないユンに対して独裁を恐れ、反発する勢力も現れ始めたのです。

四

ある日、いつも通り朝廷で重臣達と会議を終えると、ユンの元へサホンがやってきてこのように告げました。

「王様は近頃、政に精を尽くされてお疲れのように見受けられます。そのような王様を楽しませることのできる興味深い者がおります。是非お会いしていただきたいのですが、お連れしても宜しいでしょうか」

ユンは正直疲れが溜まっており、あまり乗り気ではありませんでしたが、そのような自分を察しての申し出だったので許可しました。感謝の意を告げ、通しなさいとサホンが一声掛けると、入って来たのは若くてたいそう美しい女性でした。身に纏う衣装は特別綺麗というわけではないのですが、洗練された彼女自身の美しさはその事実をも忘れさせ、天女を目の当たりにしているように錯覚させる程でした。

「見慣れない者だが、一体何者だ」

「ヨウという者です。近頃巷で噂の妓生で、その舞は庶民から高官まで数多の者を惹き付ける美しさでございます」

ユンは女好きでも有名であり、最近は女遊びが過ぎると指摘されることが増えていました。そのようなこと知ったことではないと言わんばかりにヨウを前に高揚を隠す気を全く見せず、早う見せておくれと促しました。ヨウは静かに踊り始め、優雅と思ったのも束の間、次第に烈しさを増し、両者が圧倒的な存在感を示しながらも共鳴する舞にユンはかつてない程の感銘を受けました。ご満悦のユンを見てサホンは加えて言いました。

「お喜びいただけて何よりでございます、王様。然し、これだけでなくこの者は占いもでき、これもまたよく当たると評判なのです」

これを聞いた途端先程まで太陽の輝きを放っていたユンの表情は瞬く間に曇り、サホンを鮫のように鋭く睨みつけました。

「占いだと？　そのようなふざけたもので私を楽しませられるとはそなたが落ちぶれたのか余が侮られているのか」

完全に蛇足だと思われましたが、サホンは慌てる様子もなく、「疑うのは構いませんが、お確かめくださいませ」と冷静に促しました。サホンの重圧感に押されたのかユンは前のめりになっていた姿勢を元に戻し、好きにするがよいとやけくそに言い放ちました。するとヨウは口を開きました。

「実態の見えぬ敵の根にご用心ください。陰で養分を蓄え、いつの間にか刃のような枝に育ち、王様のお命を奪おうと眼前に迫るでしょう。恐ろしいのは刃の枝ではなく、それを育てる根でございます。彼らを野放しにすればやがて朝廷にかつてない災いが降り注ぐでしょう」

これにはサホンも動揺を隠せず、なんと不敬なことを言うのだと怒声を上げました。然し、ユンは先程とは反対に笑っていたのです。

「中々面白いことを言うではないか。お陰でこの者の普段は見せぬ顔を見ることができた。然し、余に向けて発したその言葉の重さはそちが誰よりも分かっているのだろうな」

ユンはこの時、占いを全く信じておらず、いずれヨウの虚言を証明し、王室を侮辱した罪を如何にしてその身に刻んでやろうとほくそ笑んでいたのでしょう。ヨウを返し、ユンは一旦何事もなかったかのように綺麗に忘れようとしました。

いつの間にか眠りに落ちていたユンは翌朝、目を剥き出しにし、内官達が心配する程の量の汗と共に目覚めました。水を持って来た内官に、呼吸を乱しながら親衛隊のジンを呼ぶように命じました。暫くするとジンが心配そうに駆け込んできました。水を飲み干し、ジンの顔を見たからかユンは少しずつではありますが、落ち着きを取り戻していきました。

「おぞましい夢を見た。謀反が起こり、内官や親衛隊に連れられて炎の中逃げているのだが、皆切られ、血を吐きながら倒れていくのだ。すると視界が開け、官服を着た者がこの世のものとは思えぬ程の不敵な笑みで立ちふさがっているのが分かった。悔しいことにその顔は見えなかったのだが、怒りに任せてそやつを切り殺してやろうと倒れていた親衛隊の刀を取ろうとした。するとすぐ近くの地面から刀を持った腕が余の首を取ろうと飛び出してきたのだ」

　ただ黙って聞いているだけのジンに続けて話します。

「あの占いのことを信じるつもりは毛頭ないのに、これ程酷似した夢を見たというのがあまりに恐ろしかったのだ」

　吐き捨てるように語るユンに水をもう一杯飲ませると、ジンは穏やかな口調で言いました。

「幸せなことに私は、王様が民のために政治をされるお姿を間近で見てきました。その私から申し上げればそのような王様に向けて誰が謀反等起こすことができましょうか。仮にできたとしてもこの私がいる限り、それを成就させることは不可能です。如何なる時も王様をお守りし、お力添え致しますので、私を信じてひたすらに民を慈しむ善政を進めてください」

　その言葉を聞いてユンは相当安心したようで、先程までの呼吸の乱れや冷や汗はすっかり収まっていました。朝陽も昇らないうちに体を起こして政務の続きを進めるべく席に腰を掛けました。暫くの間上奏文を読み進めていましたが、疲れが残っていたのかあまり集中できなかったようです。そうかといってもう一度眠る気にもなれませんでした。ユンの中にはヨウの占いと、それ以上に舞のことでいっぱいだったのです。ユンはヨウを再び呼び、舞を踊らせました。ヨウの舞を見ていると占いのことなど忘れて初めて見た時と同じように心から楽しめることに気付き、たいそう気に入りました。舞が終わると満足げなユンでしたが、それでも占いのことが気掛かりだったのか、そのことを持ち出しました。

「そちがした占いのことを覚えているか。余は今も完全に信じるつもりはないが、よく考えれば現実味に欠ける話でもないと思ってな。そちは余の助けになれるか」

そう尋ねるとヨウは静かに口を開いて答えました。

「恐れながら王様、私含め周りができるのは僅かばかりの助言程度です。ご自身だけが運命を切り開けるでしょう。然し、王様の比肩星《ひけん》はよい方向に強い輝きを放っています。慌て過ぎず、十分に備えるようにしてください」

ユンはその日からヨウを女官として王宮入りさせ、時折呼び出しては舞や話を楽しむようになりました。

五

それから一年程が経った冬のことです。波風一つ立たないような穏やかな日常に悪霊の息吹が吹き込んできたのです。雨が幾日も降らず、厳しい寒さも相まってここ最近例を見ない程の大飢饉が朝鮮全土を襲っているのです。腹を減らし、心身共に余裕がなくなった人々が僅かばかりの気力で食料を求め、他者には暴力的にさえも成り果てた姿が何処を見渡しても絶えませんでした。ユンはこの事態に手を打とうと年貢を減らし、備蓄していた穀物を配給していきました。迅速な対応の甲斐あって、人々は最低限の生活水準を取り戻し、最悪の事態を免れることができました。然し、いつ凶作から脱することができるか見通しがつかず、備蓄にも限度があるため、少しずつ王宮でも倹約を勧めていきました。

歴代王にも引けを取らないユンの政策を称賛する民の声が、当然ながら次から次へと湧きあがっていきました。そしてその声はヨウを通じてユンの耳にも届きました。

「耳を澄ましてみてください。王様を聖君と謳う声が四方から聞こえるはずです」

左様かと満足げな様子のユンに対し、優しく微笑みながら続けました。

「私が申し上げたことをお覚えですか。運命を切り開くのは王様自身であり、王様の比肩星は力強く輝いていると。この意味は既に身を以て感じていただけたのではないでしょうか。王様の思うがままに、欲するがままに進まれるのが正しき道だということです」

この言葉が当時のユンを大いに励ますのですが、後に破滅への誘いと化すことをまだ知る由もなかったのです。

ユンを称える声が広がる反面、それをよく思わない派閥も健在でした。彼らはユンのことを、倹約を勧めながらも自身は女遊びに入り浸っている、著しい年貢の増徴をしようとしている、と負の側面ばかりを強調するのでした。ユンの功績は偉大なものではありましたが、人というのは強い生き物ではありませんので、負の要素が見えてくると不安になるものです。そのため、ユンに反対する派閥の大きな声に惑わされる者も現れつつあったのです。

然し、ヨウに励まされたことで自身の政策に大きな自信を抱くようになりました。そのようなユンにとってこれ程までに反対の声が広がるのは不自然だと考えたのです。そしてユンは派閥の調査を始めました。

数日後、サホンと居所で話している時に親衛隊のジンが報告にやってきました。その派閥を先導し、資金回りを担っているのは、臣下の一人のジャグァンという者だったと、裏帳簿から発覚したのです。ジャグァンはサホンに続く権力の持ち主で、ユンに近い存在の一人でした。更にサホンはここでとんでもない事実を口にしたのです。

「先王様に口止めされており、亡くなられた後に申し上げようと思っていたものの、とても申し上げられませんでした。あの者は今回の件のみならず、王様の母君の廃位にも関わっております」

これにはユンも動揺を隠せず、悪魔のような形相で身を乗り出し、サホンに迫りました。

「もう一度申してみよ。虚言であれば、たとえそちでも許しはせぬ」

一歩間違えれば殺しかねない様子のユンを前に、さすがのサホンも若干の動揺を漏らしながら答えました。

「この不忠をお許しください、王様。然し、あの者を始めとする大臣達と先王様が結託し、無実の母君を陥れたのです」

ユンは何も言葉を発することなく、蒼白い頬にひたすら涙を流すばかりでした。これまでユンの唯一無二の友として慰めてきたジンも、この時ばかりは何と声を掛けるべきか分かりませんでした。ただただユンを哀れむような眼で見つめることしかできません。サホンも続きを話そうとしましたが、ユンの心情を察したのか、これ以上は何一つ言葉を発しませんでした。サホンの考え通り、この時ユンの中で何かがはち切れる音がしました。母を陥れた者達を粛清すべく、地獄の鬼の形相で正殿へと向かいました。ヨウの言葉通り、煮えたぎる感情のままに。

正殿へ着くと、いつもと変わらぬ光景が広がっていました。異質な雰囲気を醸し出しながらユンは玉座に腰を据え、冷徹な声色で言葉を発しました。

「知っての通り、現在大飢饉の中で対策を進め、皆にも倹約を実施してもらっているお陰で民の暮らしは最低限の水準を保っている」

全ては王様のお陰でございますと口を揃える大臣達に対し、ユンは冷徹且つ無慈悲な視線を向けながら続けました。

「然し、皆本当にそう思っているのだろうか。でたらめな言い分で余を否定し、莫大な金を使ってまでして民を煽っている者がいるそうだ」

玉座から立ち上がり、ゆっくりと進んだ先はジャグァンの元でした。そして身も凍る圧を掛けて尋ねました。

「そちが民や派閥を統《す》べていることを余が知らないと思っているのか。そちの裏帳簿は全て調べきっておるのだぞ」

ジャグァンは絞ることができる程の汗を全身から流しながら跪《ひざまず》き、ユンの圧に潰される中で口を開きました。

「これは何かの間違いでございます、王様。私は無実でございます。何者かに陥れられたのでございます」

この世のものとは到底思えない憎悪を含みながら、ジャグァンを睨んで言いました。

「そうか、そのようにしてそちは余の母を陥れたのか。陥れられる苦しみはどうだ」

「恐れながら、仰ることの意味が分かりません。私が王様の母君を陥れる等、どうしてそのようなことがありましょうか」

死に物狂いで無実を主張するジャグァンを無視し、突然門番の兵を呼び付けました。兵が駆け、無言でその兵が持っていた刀を抜き取ったかと思えば、なんとユンはジャグァンを一切の躊躇もなく、切りつけたのです。明確な殺意を持って深々と。大量の血しぶきを吹き出しながら膝を着き、倒れていくジャグァン。その場にいた全員の思考がようやく追いつき、みるみる血の気が引いていきました。それにお構いなく、ユンは身の毛もよだつ咆哮《ほうこう》を上げました。

「下らぬ陰謀を立てる輩、余の母を陥れた身の程知らずは、全員この手で直々に切り殺してやるから楽しみにしておれ。次はお前達の番だ。分かったな」

血を纏った刀を投げ捨ててユンは正殿を出ていきました。その日から言葉通り、母の死に関係した者を有無も言わせずに殺し、ユンに反対する人間達も当然拷問にかけられ、絶望の淵に立たされました。ヨウは王様の思うままにこのままお進みくださいと肯定し続けました。如何なる時も自分を認めてくれるヨウにユンは更に惑溺し、女遊びに王室の財源にまで手を出し始めました。ユンの贅沢三昧のために、未だ凶作が明けていないにも拘わらず、年貢を元に戻すどころか更に増やしていきました。

六

ユンの残虐さと堕落は民の耳にも入り、以前のような称賛の声は、跡形もなく消え去りました。ジンは狂いゆくユンを止めたいと思う一方、その不遇な背景も理解できてしまうので、どうするべきか分からなくなっていました。一度は変わり果ててしまったユンの元を離れようとも思いました。それでもジンの脳裏に過《よぎ》るのは、かつて境遇に関係なく人を受け入れ、自身もそれを乗り越えようと努めたユンの姿でした。あと一度だけ聖君としてのユンを拝みたいという想いが、ジンの足を止めたのです。自分ではどうすることもできないと感じ、最後の手段に出ました。

凶作が続いて数か月の間、雨が降ることもしばしばあり、回復の兆しが見えつつありました。然し、半年以上が過ぎると再び雨が降らず、更には納める穀物量の増加も相まって、飢饉の第二波とも言える状況がやってきました。民の暮らしが、かつてない程に疲弊しているのは明らかであり、ユンへの不満は高まるばかりです。そのようなことなどお構いなしに女遊びや豪遊に浸るユンとヨウの元にジンがやってきて言いました。

「王様、雨も降らず、年貢が増加する中で民の暮らしは疲弊するばかりです。何か策を講じなければなりません」

それに対してユンは適当な返事をします。

「今は忙しいのじゃ。これまで余が甘すぎたのかもしれぬ。作物が育たないなら別の作物でも採って食いつなげばよかろう」

あまりに理不尽なユンの言い分に呆れるジンに向けて、ヨウが追い打ちをかけるように口を開きました。

「この国の安泰は王様の御心の安泰に等しいのです。王様の望まれる道こそ、民が進むべき道なのです」

「そちはよく分かっておる。この者の言うことに一片の誤りもない」

そう言って愉快そうに高笑いするユンに対し、以前のような威厳を感じられなくなったジンは投げやりに伝えました。

「王様の御心も大事ですが、民の生活も等しく大切です。ならば暗行御史として派遣された時に出会った、私の師である導師様をお呼びしても宜しいでしょうか。その導師様は雨を降らせることもでき、王様のお力になることもできましょう」

ユンは先程と打って変わり、あからさまに機嫌を悪くしているようです。そしてジンの前に来て、胸倉を掴んで言い放ちました。

「雨を降らせる導師だと？　余に口答えしたかと思えばふざけたことを申しおって。たとえそちであれ、本来は死に値するのだ。好きにするがよい。そちをもう友だとは思わん」

週明けに導師を連れて行くことになり、ジンは感謝を告げつつも悲しそうな表情を浮かべて、この場を去りました。ジンが居所を出るとヨウが怪訝そうな顔をしながら告げました。

「先程の者が言っていた導師という者から嫌なものを感じます。王様、お会いになっても平常心を忘れないようにお気を付けください」

「そちの占いは外れたことがないからな。肝に銘ずるとしよう」

約束の日、ジンはその導師を連れてきました。導師の顔はしわだらけで髪が伸び切っており、身なりも汚く、足元もおぼつかない今にも倒れてしまいそうな老婆でした。普段は山奥に籠っており、俗世から離れていましたが、ユンの力になってほしいとジンから頼まれ、連れて来られたのです。ユンは明らかに顔を歪め、導師を忌み嫌う様子で冷たく言い残しました。

「そちは雨を降らせるだけでよい。余計なことはするな」

導師は何かを言いたげにため息をつき、祈りを捧げるかの如く、怪しげな儀式に入りました。暫くすると王宮の周りから雲が広がり、なんと雨が降り始めたではありませんか。誰もが驚き、暗雲立ち込める町でも久方ぶりに民達の歓喜の声が聞こえてきます。

導師はユンの元にやってきて、このようなことを告げました。

「聞くところによれば、王様もかなり苦しんでいるようですね。然し、王たる者、そのような苦しみや憎しみ、誘惑に負けず、当初抱いていた民への真心を思い出すのです。辺りを見渡せば意外と敵ばかりではないはずです。周囲を律し、己を律し、王様が善政を全うできるように私にもお力添えさせていただきたいのですが、信じてくださいませんか」

その場にいた誰もが胸を打たれたかと思われましたが、ユンの心の中は茨のように刺々しく複雑に絡み合っていました。ユンは歪んだ笑みを浮かべながら拍手をして、導師に近寄りました。

「まこと雨を降らせるとは大儀であった。今日のところはお帰りになってお休みください。またお呼びします」

導師はユンの眼の奥が笑っておらず、どこか不気味さのようなものをも感じ取ってはいましたが、真心を尽くすことで、まだ気高き聖君であった頃を取り戻すことができると考えていました。然し、それは大きな誤算だったのです。

降りやまぬ雨の音が響き渡るその日の晩、ユンは一人、物思いにふけっていました。導師のあまりにみすぼらしいその見た目と、耳の痛くなる言葉に嫌悪感を抱く一方で、その導師のことを信じてみたくもありました。もしかするとユンが一番忌み嫌っているのは現在の自身の姿であり、そこから脱するのに誰かの手を借りたかったのかもしれません。然し、諫言というものを素直に受け入れるのは誰であれ難しいことです。それであればヨウの甘い言葉を信じる方がはるかに容易いのです。己を律しろという導師の言葉か、己の欲の赴くままにというヨウの言葉か。

七

数日が経ち、ユンは導師を呼び付けました。雪が舞い落ちる王宮にいたユンはその手に刀を握っていました。導師は全てを悟ったように何も語らず、目を閉じていました。そしてあまりにも無慈悲なことに、ユンは導師の腹をその刀で貫いたのでした。ヨウの言葉を信じる、これがユンの答えでした。確かに本能的に抱いた導師への嫌悪感を払拭して、導師のことを信じようともしました。然し、民の心は自分ではなく導師へ向くのだという疑心を拭うことはできなかったのです。自分の誤りに気付いていたはずなのに、ユンを見つめる導師の瞳は、どこか穏やかでした。ユンはこの時初めて導師の眼を見ましたが、そこには身なりとは対照に、どこか懐かしさと美しさが感じられました。

するとユンは膝から崩れ落ち、長らく落ち着いていたはずの発作と湿疹が出てきたのです。その後、医官に連れられて床に臥せている間、十歳の頃に母と交わした話が何度も脳裏を過っていました。

「王様のことを考えたことはありませんし、考えたくもありません。私には母上が理解できません。申し訳ないことでございます」

父への不忠とも捉えられる言葉でしたが、母は怒ることなく微笑み、山茶花を生けながら答えました。

「それはですね、王様への感謝と御恩を返すためです。王様の民への慈悲は海よりも深いもので、私は民の母です。私の子供達を大切にしてくださる王様には感謝しきれないですし、私にできる恩返しをすることを怠りたくはないのです」

ユンは意識を取り戻すと、誰にも聞こえない声で呟きました。

「嗚呼、母上。私は如何なる相手にも受けた恩は必ず返す、慈悲を施すことを忘れてはならないという母上の教えを、長い間忘れていたようです。親不孝な息子をお許しください」

そしてユンは導師を刺し殺してから僅かばかりで、王位を追われることになります。この時には既にジンも王宮を去っており、導師が生きた地方で、子供達に学問を教えながら暮らしていました。ユンの追放を耳にしたジンの姿は、ユンの堕落を止められずに側を離れた自責の念から、寂しさを感じさせるものでした。このような悲劇を繰り返さないように質素な生活を営みながら貧しい子供達を集め、導師の教えを説いたり、食事を提供したりする道を選んだそうです。離島に流されたユンは来る日も来る日も母君に懺悔を繰り返し、数年ばかりで亡くなったのです。また、死体となって横たわっていた導師の眼から涙が流れ、その行く先には手に持っていた三色の山茶花が美しく咲いていたそうです。

これにて私の研究報告は終了です。アカデミックな場から離れた私にとって、史実の細部を記したものなのか、史実混じりの小説に過ぎないのかを断言することは、人が思う以上に難しいことでございます。然し、今回のユンの話は真実か虚構かに関係なく、私達人間にとって大切なことを訴えかけてくるのです。

それは欲望のまま生きることではなく、慈悲を施すこと、そして受けた恩を相手が誰であれ必ず返すこと、まさにギブアンドテイクの精神なのではないでしょうか。如何なる場面でも実行できているかは、私でさえ怪しいところですが、私の中の絶対的な正義はこの思想なのではないかと思います。欲というのは人間の原動力にもなりますが、己を律することなく好き勝手に振り回せば、身を滅ぼすものでもあり、自戒の意味でも書かせていただきました。

ちなみに山茶花の全般の花言葉は「困難に打ち克つ」「ひたむきさ」だそうです。また、赤の山茶花は「謙譲」「あなたがもっとも美しい」、白は「愛嬌」「あなたは私の愛を退ける」、ピンクは「永遠の愛」でございます。

海底農園

一

終戦、それは悲劇の結末でありながらも多くの日本人が待ち望んだ結果であり、地上では暴力を通して善悪を決定する時代が終焉を迎えた。未だ力ある者による搾取や横行が微視的な日常の中には潜んではいたが、取締りの強化もあり、民間の人々が武力を持つ必要性は徐々に減少した。

武司は先の戦争で上官を務めた父を持ち、幼少期から剣術を習わされた。比較的小柄であった武司にとって、年上で体も大きい仲間との訓練は苦痛そのものであり、毎度ぼろぼろになっては、ぐずりながら帰って来た。剣術を辞めたいと弱音を吐くと、母はそのような脆い心では世の中生きていけない、相手を言い訳にせず、自身の向上を考えなさいと喝を入れた。

戦後父は一般の企業に就職したが、上官時代のプライドの高さと硬い頭では馴染むことができず、孤立していた。武司は成長と共に時代に対応できない父を嫌うようになった。更に、嘗《かつ》てのように外で下の者を動かせない鬱憤を晴らすかの如く、家庭内で吠え散らかす姿の醜悪たること、たいそう甚だしかった。

武司が剣術の訓練をサボれば夜中に何時間も説教し、拳を上げた。母にもきつく当たり、同じ被害者同士であるはずなのに、母が父を否定することはなかった。寧ろそれは横暴な父に加担しているのと同義であり、そのような母に対してさえ恨めしいと思った。

高校に進学すると、剣術三昧だった武司は部活を楽しむ周囲を羨むようになった。剣術も仲間と訓練するわけで部活と大差ないと父は言う。然し、一体感がまるで違う。剣術仲間と仲が悪かったわけではないが、目標はお互いに異なっており、各々が黙々と鍛錬していた。一方で部活とやらというものは部員同士が堅い絆で結ばれており、一つの目標に向けて全員が同じ方向に翔けていくその輝かしさたること想像を絶するものである。

そのようなこと等、父が知る余地もない。人は本来生きていく中で思考を更新し、成長していくはずである。然し、自分の価値観に固執し続けては、人間としての価値が向上しないどころか、もはや退化すらしていることになるだろう。

以前ニーチェの哲学書で読んだ、古い殻に閉じこもったままの人間は駄目になるといった趣旨の格言を、武司は身近に感じていた。ましてや変化を求めて進んでいく周囲に対し、それを押し付けるのは極論、世界を破滅に追いやる行為に値するのではないか。とはいえ、父が威張れるのは家庭内だけであり、職場では浮いて何の影響力もないのを見ればまだ可愛い方ではあるし、武司にとっては自身の信仰する哲学が正しいことを証明しているようで喜ばしかった。然し、戦時中の日本やナチスを思うと、時代やそこに生きる人々の状況によっては、想像もできないような愚考が伝播していく可能性が、残念ながら十分存在するのである。父に対し、二度も世界を滅ぼすつもりかと皮肉を言えるのも、今のうちかもしれない。

父に反発しながらも、更には楽しみや目標を特に感じないながらも、武司は剣術を続けた。寧ろ黙々と鍛錬し、実力を付けたことで、嘗ては恐怖でしかなかった父に抗う気力が付いたのかもしれない。いつか再び殴ってきたら、竹刀を手に取って返り討ちにしてやろうと、数十回は脳内で父を倒していた。然し、その殺気が伝わったのか、父は武司にも母にも手を出してくることはなくなった。寧ろ父との交流そのものが減ったようにも思えた。

高校生最後の年、進路を決める時期となった。大学には行きたいと思っており、母もそうしなさいと言ってくれた。父には反対されそうで黙っていようかとも思ったが、さすがにそうもいかないだろうと打ち明けた。すると意外なことに反対はせず、静かにそうかと呟いた。然し、安心したのは束の間、父はこのように問いかけてきた。

「それで学部はどうするのだ」

学部に関しては深くは考えていなかった。というよりはどこの学部に行っても専攻はあれど、それ以外のことも学ぶ機会はあるわけだし、特段の拘りがなかった。

「複数受けようとは思うけど、第一希望は文学部かな。幅広い分野を学びたいけど専攻は哲学にしたいから」

そう答えると、父は文学部なんか認めない等と、久しぶりに声を荒げて激怒し出した。やはり人はそう容易く変わらないものなのだと呆れている武司に対し、追い打ちをかけるように文学部に行くくらいなら就職しろとまで吐き捨てた。

それならば、どこの学部ならよいのか。最大級の面倒な疑問だけを残して去った厄介な父を、再び頭の中でぶちのめした。

二

桜が春の訪れを告げながらも未だ肌寒い頃、武司は大学に進学した。試験の日が目前に迫った時期には、軽い痙攣《けいれん》を引き起こす程の腹痛に襲われたこともあった。何度も便所に駆け込み、勉強どころではなかったのは初めてのことだったので、病院に駆け込んだわけだが、老いぼれの医者は特に異常はないと淡々と言ってきた。確かに記録の上では何事もなかったかもしれない。然し、あたかもそれを絶対的なものと崇拝するかの如く、あまりの痛みに絶望する武司を心配する素振りを微塵も見せずに言い放つ様に、怒りで身体が熱くなるのを感じた。そのようなことを思い出し、ラジオで春の訪れを報道する音声に首を傾げながら入学式の日を迎えた。

勿論文学部を選択したが、それなりに名が知れている大学だったからか、いざ入学すると父は文句を言わなかった。学業に精を入れるつもりであったが、予期せぬことがあった。高校生のときに羨望の眼差しを向けていた部活動に、剣術部というものが存在していたのだ。初めは物珍しいとしか感じておらず、入部する気はなかった。入学に伴って一人暮らしを始め、父の干渉が弱まったことでこれまで目標もなくただひたすらにやらされた、つまらない剣術を辞める絶好の機会であった。それにも拘わらず、武司は一か月後に入部することにした。

小学生の頃に遡るが、道場の仲間に勇也という者がいた。勇也は武司とは対照的で、剣術に魅了され、親に懇願を繰り返した末に道場に入れてもらった。師範のように心身共に強くなりたいと毎回稽古を楽しみ、大会や演武会が近づけば、その手を加速させるのである。武司はそのような勇也が羨ましい反面、嫌いであった。自分の意志で楽しむのは大いに構わないし、寧ろ父に強制されて取り組む自分なんかよりは何倍も充実しているのだろう。嫌いなのはそれを押し付けてくることだ。

勇也は運動神経も良く、稽古もしっかり積むものだから、凄まじい速さで成長していった。一方で武司は運動神経も悪く、稽古は欠かさないものの、そこに精は込められておらず、成長は遅かった。そして、練習試合でも勝ちが少ない武司に対して勇也は言い放った。

「せっかくやるなら全力でやろうよ。できないなら人一倍努力しなきゃ。そうだ、今度の大会一緒に出ないかい。そしたらもっと練習に力入るはずだから」

勇也に悪気はなく、寧ろ武司を鼓舞しようとしていたのだろう。確かに武司にはやる気はなかったかもしれないが、その中でできる努力はしていたつもりではあった。自分の物差しでしか考えず、武司の父に強制され、心身が追い付いていない背景を理解しようとしない勇也は父と何ら変わりないと思い、憎んだ。

然し、その一か月後、勇也は道場を去った。武司を誘った大会で、勇也は優勝を目指して一人奮闘していた。初出場にも拘わらず、今回負ければ何もかもを失うかの如く、稽古に熱を注いでいた。結果は残酷で一回戦敗退であった。練習中は冷ややかな目で見ていた武司も、悔しさのあまり水溜まりを作る勢いで号泣する勇也を気の毒に思った。然し、勇也にとって武司は不真面目な存在であり、声を掛けられたところで気を逆撫でしてしまうと思い、勇也に慰めの声は掛けなかった。

そのことが嘘だったかのように勇也は次の日には稽古に参加しており、杞憂であったかと思っていたが、やはりどこかその表情には影があった。完全には立ち直っていないというのは何ら可笑しな話でもなく、時間のみが解決してくれると武司はこの日も呑気に稽古に参加していたが、その翌日から勇也は姿を見せなくなった。

当時は幾ら大会で負けたとはいえ、一回で諦めてしまう勇也の心理が理解できなかったが、今になると自分と比較することで何となくその解が見えてきた。稽古の動機に関して勇也は己の理想に向けての拘りであり、武司は行動に向けての義務感だということだ。武司の根拠なき独自の理論によれば人というのは理想に反すれば気力を失い、義務に反すればその罪悪感から償いという形で更なる行動を引き起こすそうだ。加えて言うならば理想というのは当人が望むものであり、その想いが強い程に修正するのが難しいのである。

つまり勇也は理想に向けて相当強い拘りを持って稽古するも上手くいかず、その呪縛から次の目標やそのための行動が見出せなかったというわけである。何かをするには何らかの動機が必要というわけだが、それは強すぎると人を破滅へと導く薬のようなものなのだ。

武司はそのようなことを思い出し、自身に剣術を続ける才能を見出した。剣術をやりたかったのではなく、剣術を続けたかったのだ。入部してみると自身の通っていた道場と同じ荘厳な雰囲気の施設に想像以上の数の部員がいた。半数近くは大学入学後に始めており、また経験者もいたが、その年数で言えば武司より浅い者の方が多かった。それでも少年向けの道場での稽古とは比べ物にならない程過酷な内容をこなしてきた彼らのほとんどに敵わなかった。基礎的な技術面では大きく負けてはいないかもしれないが、特に体力面においてその歴然とした差を見せつけられた。打ち込みでは地面に叩きつけられ、体力作りの走り込みでも誰にも追いつけないその有様はとても経験者には見えなかっただろう。

休日の稽古には中年の師範も顔を見せる。短髪角刈りの師範は指導において声を荒げることはないが、理論的な中に何処か重々しさを感じさせる方であった。稽古中は特に経験者でありながら実力が伴っていない武司に厳しく、そのような師範に対して武司は内心怒りの矛先を向けることもあった。然し、普段はどの部員にも分け隔てなく接し、部の穏やかな雰囲気にも馴染んでいることで武司が心の底から師範を憎むことはなかった。師範として当然持つべき厳しさなのだろうと呑み込んでいた。

剣術部では苦労の方が多かったが、ある程度の充実感を覚えていたはずだった。然し、高校生のときに憧れたものとは似通っているようで違うものだった。当初の武司は持ちえない理想に向けて奮闘する姿勢を求めたが、今は続けることそのものに生き甲斐を感じている。自分に変化が求められながらも今この場に存在しているのは、潜在的な自身の性質故だという。その乖離に不安を抱えながらも時が経ち、環境に適応していけばそのような目標を持つこともできるだろうと楽観的に考えることにした。

三

入部してから数か月が経った頃、大会に出場する者を選抜する部内試合が実施されることになった。学期の初めに部員全員で大会に向けての目標を立てたのだが、部の雰囲気から団体戦で優勝を掲げることになった。普通なら、叶うか否か分からぬ夢に向けて全員で汗水垂らして実現しようとするし、武司もそのような自己の姿を描きたかっただろう。然し、いざそのように決定されたときに現実ばかりが武司の脳裏に過るのである。部内で選抜入りする可能性は限りなく低く、その上他校にも猛者が勢揃いしている中で優勝しようとする状況に対し、如何にして心を躍らせればよいのか。武司は自身の殻を破れず、ただ稽古に参加するだけの操り人形のようであった。

部内試合が実施され、先輩達に打ちのめされた挙句に選抜入りを逃した。身体を怪我から守ることはできなかったが、選抜入りを期待し過ぎず、ただがむしゃらに稽古してきたことで心が大きく傷つくことは免れた。そこで今日の稽古は終わりかと思われたが、更に補欠を決める試合もするという。

武司の相手は同学年の亮という者だった。大学から剣術を始めたのだが、恵まれた体格と抜群の運動神経を持ち合わせた、武司と対照的且つ道場仲間の勇也を彷彿させるような人物であった。普段から特別仲が悪くはなかったが、お互いに自分から話し掛けに行くわけでもなかった。特に武司は亮の急成長を良くは思っておらず、亮を交えて会話している自身の顔に歪みを感じることがあった。

亮の眼から本気で勝ちに来ていることが一目瞭然であり、武司の自尊心がそれを許さなかった。同時に大会優勝というのは遠い目標だと感じていたのに対し、補欠に選ばれるというのは眼前の目標だと脳内で刻まれた。この瞬間初めて理想への拘りを感じることとなった。そしてそれが成就することで、部全体で同じ理想に向けて奮闘するという、高校生の頃の己が憧れた光景に近づくことを夢見た。

試合の序盤は武司が優勢であった。体格では圧倒的に不利であった武司は、長年の経験で培った技術で上手く戦っていた。

「君は相当不器用だな。でも器用なことができないからこそ基礎を大事にした真っすぐな試合ができる。あとはそれを君自身がどこまで信用できるか、どこまで信用できるようにするか」

武司が圧倒していたわけではない。亮も体格を生かして力で武司を捻じ伏せていき、接戦まで持ち込むも、師範が常に仰っていた言葉を胸に冷静さを保ちながら、取られたら取り返す展開であった。

一寸の混じり気もなくその展開は終焉に到達するものだと誰もが思った。無論武司も例外ではない。然し、終盤に差し掛かり、その期待は切り裂かれることとなる。力だけで押しているように見えた亮から起死回生の大技が飛び込んできたのだ。当然予期していない事態に武司が対応できるはずもなく、清々しい程にその一撃が脳天に飛び込むのを許してしまった。

一瞬の静けさが晴れ、辺り一面に歓声が響き渡った。その轟音が武司の脳内を霧払いし、目の前で起こった事態を理解させた。但し、周囲は敵ではない。まだ時間はあるから落ち着いていけ、着実に取り返すぞ、と武司を救わんとする助言が飛び交う。然し、当人はあくまで事実を認識したに過ぎず、それ以上の思考を巡らせる余裕など微塵もなかった。

皆の眼には冷静さを欠いた武司が何もできないまま、試合が終了する光景が共通して佇んでいた。然し、武司だけは違う空間にいた。寧ろ存在していたかも明白ではない。何も分からないのにも拘わらず、或いは分からないからこそ言葉にするのならば虚空への扉を開き、無に近い暗闇の中を彷徨っていたとでもいうのか。

我に返ったとき、僅かばかりも感情を読み取ることを許さない表情をした師範の前に立っていた。いつも通りの冷静な口調で呆然とする武司に言葉を贈った。

「君らしさが出た良い試合だったと思う。だが、気持ちで負けていた。今日の悔しさを忘れず、自分の形を確立させなさい。そして勝ちに拘りなさい」

目標もなく、ただ黙々と父に迫られるがままに稽古をしてきたとはいえ、長年続けてきたことで人並みの自信があった。然し、それは井の中の蛙であると気付かされ、目標を持って猛烈な稽古をこなす先輩に負けることは武司の心を刺激した。一方で始めて間もない同期になど負けたくなかった。ましてや負けるはずもなかった。

然し、生まれ持った才能と偶然放った一撃に負けた。その事実は完全に武司の心を折った。自分の才能は続けることだけ、勝ちに繋がるものでもなかろう。師範の言葉を杖として立ち上がる気力などなかった。徒に稽古を続ける今までと何ら変わりない日々に戻った。

四

学業のために入学したものの、剣術部の活動でそれどころではなかった。無論最低限授業に出席し、課題も提出してきた。然し、武司が夢見た程に何か今後に生かせるものを身に付けた実感はなかった。自身の学生生活の大部分を占める部活動も本来の目的であった学業も全てが中途半端に思えた。そのような自分自身に武司は心底虚しさを感じていた。

武司が興味を持つ数少ない授業の中に倫理学があった。一年生の夏休み明けから履修した授業であったが、死を主とした題材を取り扱い、答えなき哲学好きの武司の探求心を掻き立てた。

剣術部の部員とは仲が悪かったわけではないが、部活動以外でそこまで頻繁に関わりたいとは思わなかった。勿論会えば挨拶を交わすし、時には一緒に授業も受けたが、武司から声を掛けることはほとんどなかった。他の交わりを許すことのない孤独な空間で思考に耽ることに愉快さを見出し、その題材としてこの倫理学という学問は最適だったのである。

講義を聞いている中で武司はふと一度だけ父を尊敬した瞬間を思い出した。それは父が交通事故に遭い、入院したときのことだった。当初は意識不明の重体であり、連絡を受けた母は給食を呑気に食らう武司を早退させ、病院へ駆け込んだ。病室へ入ると昏睡状態だと思われた父は横になって動けずにいるものの、意識を取り戻していた。

「お前達随分と早かったな。武司は学校じゃないのか」

安心したのかその場に泣き崩れる母に対して、父は大袈裟だなと困惑した様子だった。そうは言うものの父の回復力は医師も驚愕する程であり、会話できているのも奇跡だったそうなので、母がこれ程心配したのも無理はないだろう。

「もし貴方の身に何かあったら私達はどうやって生きればいいのよ」

「そのときはまた別の男でもつくって暮らしていけばいいじゃないか」

心の奥底から不安を吐露する母をあしらい、冗談では済まされないことを漏らしたような気もするが、何事もなかったかの如く続けた。

「ある程度の財産は残しておくから心配するな。それはそうと思ったのだが、もし俺が死んだら葬式はしなくていい。墓など建てず、遺体も海に捨てるなり埋めるなりしてくれ」

このようなときに何を言っているのか、気が狂っているのかと母は病室を後にしたが、武司は内心、そのような父に潔さを感じていた。自分のことを後々まで引きずる必要はない、自分に時間や金を掛けず、各々の今後のことを考えろという解釈を展開していた。そしてこの場に残っていた武司に対して父は更に話を続けた。

「俺も海上で働いていたものだから海に遺体を投げられるなら本望だ。だが、何があろうと自殺しようと海に身を投げ捨ててはならない。そうしてしまえば死んでも死にきれず、光も届かない海底で一人寂しく働いて、収穫した食料を海の化物に差し出さなければならない。海底農園でそれ以外のことをするのは許されないらしい」

父がそのような話をするのが意外であり、武司は妙な感情に陥ったのを鮮明に覚えている。父も当時の武司と同じくらいのときに聞いた話のようであり、牢獄のような海と敢えて対峙することで己の生命を感じるがために海軍に入ったとかそうでないとか。

当時は父の話を真っ向から信じていた。今でもその話の真偽は別として、自殺をしてはいけないという唯一とも言える父のまともな教訓として受け止めている。然し、これまで目的を持つこともできず、小さな機会すら一つも成就しない現状に嫌気が差す今、その気持ちも揺らぎ始めるのを武司は嫌という程感じていた。海の化物に供物するという常人には成し得ない目的があり、他のことは何も心配する必要がない海底農園が寧ろ素晴らしい地のようにすら思えてきたのだ。

昼に講義が終わり、武司は初めて海を眺めに行った。幼い頃はあれ程恐れていた海を前にして、今となっては寧ろ喜びに近い感情を抱いた。数多の雑念を捨ててこの碧き海に突き進めば、目指すべきものも特筆することもないような生活を終わらせることができる。あわよくば長年の謎であった海底農園の正体も知ることができるかもしれない。どう転がろうとこのまま生き続けるよりも遥かにましであるはずだ。

雑念を捨てるがために脳内が雑念に散々掻き回されたのに、結局海に足を浸けることもなく帰宅した。どうやら武司には、現世から脱するということも海底農園を一人目の当たりにすることも許されていないようだ。

五

一年後の夏、進級した後も変わりなく学生生活を過ごしていた。剣術部でもようやく慣れてきた武司に呼応するかのように厳しさが増した。四年生の先輩は卒業したが、新入部員も才能ある者や実績ある者が多かったので以前と比べて大きく部の力が落ちることはなかったし、武司の立ち位置も然程変わらなかった。

変わったこととしては武司が初心者の新入部員に教える立場になったということだ。強い部員は幾らでもいるのでわざわざ自分から教えてもらいたいなどと誰も思わないだろうと武司自身も思っていたが、意外にも教えを乞う部員は多かった。どうやら武司は話し掛けやすく、試合で勝てないとはいえ基礎がしっかりとしていることから彼らの方から助言を求めてきた。おまけに他の部員より丁寧に教えてくれるので再度聞きに行きたくなると評判だった。

特に武司に懐いていたのは春馬という新入部員だった。春馬は幼少期に剣術を習っていたものの数年も持たずに辞めてしまったことが心残りだったため、大学入学後に剣術部に入部した。体格も武司以上に小柄であり、幼少期に身につけた技術も色褪せてしまっていたが、体格を言い訳にせず、才能に恵まれていないなりに積み重ねた基礎で勝負していく武司に憧れを抱いたようだ。

武司も春馬のことを自身の写し姿のように思っており、特に可愛がっていた。その中で春馬の眼から誰が相手でも勝ちたいという貪欲な光を見出していた。武司の場合、相手が自分より強いと明白な場合、本来の力を出せず、逃げに走りがちであった。一方で春馬は相手が誰であれ、どんなに実力が雲泥の差であれ、変わらず立ち向かっていく。ただ似ているだけでなく、そのような自分には持ちうることも叶わない潜在的な強さを持つ春馬を羨ましいとすら思っていた。

こうしているうちに武司に柔らかな表情が徐々に宿るようになった。ただただ稽古が辛く、長年続けているのにろくな成果も出せない絶望の深淵に微かながらも確かな温かい光が差し込んできた。

二年生になった今も補欠には入ったが、大会で試合をすることはできずにいた。それでも育成という側面で部を支えることにやりがいを感じ、以前のような苦痛を感じることは少なくなった。

夏の大会を終え、帰り道に春馬にこのようなことを言われた。

「やっぱり先輩方って本当にかっこいいですよね。もう試合前の調整から迫力が凄くて。佐々木先輩の相手しているときの武司さんとか、普通に誰にでも勝てそうな感じでしたよ」

大会後とは思えない程元気な春馬に疲労困憊の武司ができたのは、そうかと返事をすることだけだった。一応武司が聞いてくれていると認知したようで、春馬は目を輝かせたまま続けた。

「いいなぁ。僕もいつか先輩方のように大会に出て勝ってみたいなぁ」

お前ならできると心の底から言いたかったが、照れやら疲れやらで、武司の口からその言葉を伝えることはなかった。然し、この瞬間に武司は春馬を大会に出場させる、そのために部内戦で勝利を掴ませるという確固たる目標を胸に刻んだ。穢《けが》れなき春馬の瞳が見つめるその光景を近い未来、現実に具現させることこそ自身の存在意義であると見出した。大会の翌日は毎度休みであり、そのときから既に稽古のことを考えて億劫になっていた。そのような武司が初めて、大会直後にすぐにでも稽古に参加したいと思えた。

大会直後の稽古は僅かばかり緩かったが、それでも厳しいことに変わりはなかった。然し、武司は春馬を育成する立場として自身が踏ん張らなければならないと思い、逃げずに向き合った。これまでは虚しい程に苦悶の表情を浮かべていた武司が、苦しいながらも何か希望を見出しながら稽古をしているように他の部員からも見えたようだ。

武司も少しずつ稽古の厳しさに慣れていき、自主的に周囲を見渡す余裕ができた。相変わらず春馬は技術的にも体力的にもついていけず、更には要領が悪く、教えられたことを習得するのに相当時間を要するところはまさに昨年の自分を眺めているような感覚であった。自身も同じであるし、春馬がゆっくり成長してくれればそれでいいと丁寧に指導してはいたが、やはり武司も人間であり、感情をぶつけてきつい物言いをしてしまうこともあった。その度に武司は後悔に近い感情を抱いたが、それでも春馬が先輩として慕い続けてくれたことで救われていた。

まだ雛のような春馬だが、ある一つの基本技に関しては才能があった。速さや力強さには目を見張るものがあり、本人もある程度自覚しているようだった。磨かないという選択肢が許されないこの技に魂を乗せて一本取ることができれば、自信に繋げることができるだろう。武司はそこに時間を割いた。

夏も終盤に近づき、扇風機や風鈴をあまり見なくなる程には涼しくなった頃、そのときが訪れた。いつもと変わらぬ稽古の中で武司が春馬の一本先取りの相手になった。春馬の実力を見てある程度力を入れても問題ないだろうと思い、臨んだ。お互い慎重にそのときを狙っていたのだが先に動き出したのは春馬だった。その動きが見えた武司は反撃を仕掛け、勝負を決められると思った。然し、武司の想定を凌駕する踏み込みの速さで得点を奪取したのは春馬であった。

武司も春馬も一瞬起こったことが分からなかったが、先に全てを理解した武司は感情の糸が絡み合っていた。負けたことへの悔しさ、自分の反撃が上手くいったはずなのに得点にならなかったことへの疑問、春馬の成長への驚き、喜び。然し、それらは時間が経つと自身の悲願である春馬の成長への喜びへと収束していった。

「なんでお前が呆然としているの。お前が勝ったのだよ。日々の成果が出たようだね」

事態を把握した春馬の表情も次第に解《ほぐ》れ、花が咲いていくようだった。然し、過度に喜ぶことはなく、武司さんのお陰ですと感謝を伝えた。技術だけでなく、人間としても完成している春馬に、心の中で脱帽した。武司は次の試合では絶対に勝たせるという目標を改めて掘り起こし、春馬の肩を力強く叩いた。

六

人生とは悲しい程に上手くいかないものである。嵐の前の静けさすら感じない一晩の間に、武司の夢は志半ばで潰《つい》えることとなる。春馬の訃報である。死因は交通事故であり、激震の一本を取った日の数日後の何気ない稽古帰り、武司と別れた直後のことだった。

春馬の母親から一本の残酷な連絡を受け、光が音を置いて過ぎ去っていくが如く、思考が追い付く隙すら与えずに病院に向けて駆け出して行った。告げられた病室のドアを叩くことすら忘れて飛び込むと、そこには目も当てられない春馬の凄惨な遺体がただ横たわっているだけだった。

感情の一つや二つも発することなく呆然と立ち尽くす武司に、春馬の母親はまだ泣き足りなかっただろうに武司に近寄り、話し掛けた。

「貴方が武司さんね。ついさっきまで春馬はまだ生きていたの。そのときに最期に武司さんに会いたい、呼んでほしいって。会って直接感謝を伝えたいって」

聞こえているのか聞こえていないのか見当もつかない程に武司は呆然とし続けていたが、その眼からは涙がこぼれ始めた。

「それは叶わなかったけれど、それでも武司さんが駆けつけてくれて春馬も嬉しかったはずよ。本当にありがとう」

そう告げ終えると春馬の母親は膝から崩れ落ち、声を上げて涙を流した。春馬はこの母親譲りの強くて優しい男だったのだろう。自分も絶望の淵に立たされ、涙もまだ枯れる前だというのに春馬の遺志を汲み取り、武司に感謝の意を伝えたのだ。武司も頭の片隅でそう理解していても、泣き崩れる以外の行為を肉体が許さなかった。

後日春馬の葬式が執り行われた。そこには武司も参列し、涙を流すのと引き換えに、おとなしくお経を聞きながら物思いにふけっていた。あのとき、理由は分からずとも、ちょっと寄り道をしたいと言い張って春馬と同じ道を歩いていたら、死ぬのは自分だったかもしれないのに、そうであれば成仏などせず、現世に残って春馬の成長を見届けていたのに。無駄だと分かっていながらも、春馬が生き残るという別次元の世界を永遠に模索してしまう。そして、そうすればする程に最高に愛らしく、更に自分の生き甲斐そのものでもあった春馬の死を痛感してしまう自分に、嫌気がさすのであった。

棺に納められた春馬の遺体が、神聖な炎の中に取り込まれるのを見届けて、武司は以前訪れた海に足を運んだ。足を運んだというよりは訳も分からず海に吸い寄せられたというのが正しいかもしれない。目標を失った武司はまた碧き海に突き進むことを考えるかと思いきや、その衝動すら湧いてこなかった。本能的に今の自分にはその価値すらないと思ってしまったのかもしれない。

呆然と雑念を捨てて海を眺めていると背後から人影を感じた。然し、反応する気力すら湧き上がらず、ただ砂浜に座っていると声を掛けられた。

「武司さんですよね」

その優しい声色に思わず振り向くとそこには見覚えのある少女がちょこんと立っていた。彼女は病室と葬式の場で見かけた春馬の妹の美奈であった。低い背丈に可愛らしい顔立ちの美奈も、顔をよく見れば泣き散らかして眼が腫れているのが分かった。ぼそっと肯定の返事をする武司の横に美奈は静かに座り込んだ。誰かと話せる程気持ちの整理はできていなかったが、美奈もそれ以上の悲しみに囚われている中で声を掛けてくれたのでこれ以上負担を掛けたくもなかった。

「どうしてここが分かったのですか」

「兄が武司さんのことをよく話していました。最初は辛いときにこの海に行ったけどだんだん気晴らしに行くようになったって」

武司の問いに少し照れながら答える美奈の表情は、過ぎ去りし日の春馬を彷彿とさせるものだった。武司の眼から再び涙がこぼれた。それを見た美奈は慌てふためき始めた。

「ごめんなさい。私も全然気持ちの整理ができていないのに、武司さんも悲しんでいるはずなのに何故か話し掛けずにはいられなくて」

美奈もまた静かに泣き始めた。ころころと変化するその表情は武司に春馬を思い出させ、悲しくもしたが、同時に可愛らしさも感じさせた。そのような武司は涙を流しながらも笑みがこぼれた。

「いや話し掛けてもらえて良かった。ありがとう」

きょとんとする美奈を見て更に武司の顔に光が宿った。

七

それから幾度か会っていく中で武司は美奈と交際を始めた。自分を慕ってくれる明るい春馬の姿を重ね、親しみを覚えている節もあった。ただそれだけでは散々明け暮れた悲しみを掘り起こし、一定の距離を置いていた可能性が少なからずあっただろう。然し、美奈特有の雰囲気は春馬の妹ではなく、一人の魅力的な女性として武司に認識させるには十分なものであった。

剣術の稽古においては以前と比べると身が入らなくなったが、休みの日に美奈と会うのが原動力となり、何とか身体を動かしている。冬になると大学の試験もあり、一層忙しくなったが、それも気付いた頃には終わり、来たる休日に二人でいつもの喫茶店に行った。二人とも積極的に遠出をする方ではなく、喫茶店にでも行って互いの名前を呼び合ったり、他愛もない話をしたりするだけで幸せだった。時には都心に出て百貨店で買い物をしたが、美奈にちょっとした贈り物をするのも特別な時間であった。

「君ももうすぐ高校を卒業するわけだが、その後はどうするのかい」

「つい最近だけど市役所に就職が決まったの。派手な仕事ではないけれど慣れ親しんだ地域のために働きたくて」

少し照れくさそうな美奈に、武司は珈琲をすすりながら祝いの言葉を贈った。美奈は珍しく珈琲を頼んでおり、届くや否や砂糖もミルクも入れることなく口を付けた。そして案の定その苦味に顔を歪める様子に武司は笑いを堪えられなかった。

「珈琲を飲めるから大人ってわけじゃないのよ」

武司が一応慰めると、美奈は少し不機嫌そうにうるさいと一蹴した。渋々砂糖とミルクを多めに注いで再び飲み始めた。そのような美奈の姿まで愛おしく感じていた。

今回の冬は武司にとって最も短いものであった。寒さも峠を越え、春の陽気は訪れなかったのやらそれを告げなかったのやら、瞬く間に憂鬱な夏がやってきた。春馬はもういなかったが美奈がそばにいる。再びあの海にやってきた武司は自分が思う以上に穏やかな心持ちで海風を浴びていた。

そろそろ帰ろうと思い、立ち上がったときに遠くから子供の声が聞こえてきた。どうやら溺れている少年とその友人が二人、助けようにも何もできずにいた。武司の心の中とは対照に波は想像以上に荒れ模様となっており、少年達が遊んでいるうちに一人が遠くに流されてしまったようだ。正直武司も泳ぐのが得意ではなかったし、荒波の中そこまでの自己犠牲をする義務もないと思い、一度は去ろうとした。然し、人影はあまり多くはなさそうとか後でどうにも気になって仕方なくなりそうとか色々考えた末に、結局は身体が真っ先に動いて灰色の海に突進していた。

繋げても完成することのない断片的な記憶しかないが、武司は幾度も波に流され、呑み込まれながら無我夢中で少年を掴み上げているつもりであった。少年の安否と美奈、そして春馬のことを思い浮かべながら意識は海の中に途絶えていった。

ゆっくりと眼を開けると真っ暗闇に蒼さが少しばかり加わった。海の中かと思いきや脚は地に着いているし、陸にしては見慣れない魚や草が周囲をうろついている。武司はもはや死んだ身なのだと無理やりに自分を納得させようとした。とはいえあの世はこれ程にも混沌としているのか、海で死んだせいなのかと幾度と整理しても思考は到底追い付いていない。

全てを放棄すると、脳内に余裕ができたからか海底農園という非現実的な言葉が思い浮かんだ。いずれにせよ自分は死んだのだという結論に回帰する。確かに一度は生きることを放棄し、いっそ海底農園で徒に過ごした方がましだとか望んだこともあった。然し、春馬や美奈に出会い、現世で生き甲斐を見出して、辛いことがあっても乗り越えていきたいと思えるようになってからそれが途絶えた。武司はひたすら涙を流した。泣けていたのかもよく分からないが涙を流した。

長い時が経ったように思ったが、それでも明かりが差し込むことはなかった。ここは本当にあの世か海底なのだ、現世には戻れず死んだようなものなのだと言い聞かせた。然し、死んだ割には妙にお腹が空いている気がした。もしかすると海底農園での話にあったようにここでも作物を穫り、生きていかなければならないのかもしれない。そう考えると孤独と仕事以外は現世とあまり変わらないのではないか。

そうだとすればまた彼らを生き甲斐にしよう。再び春馬や美奈に会えるそのときまでこの苦しみを耐え抜いていこう。そう思うと力が湧いてくる。そして海藻を近くに落ちていた鋭利な石で刈り取り、食らい付いた。

計り知れない永い時が流れていった。それでも武司の記憶は薄れゆくどころか、その鮮明さを刻一刻と増し続けた。彼らに再会するなど叶わぬ希望なのかもしれないと落ち込むこともあったが、信じ続けた。その度に少し気持ちが軽くなるような気がした。

得体の知れない魚との格闘にも疲れ、少し眠気にも近い感覚に襲われ座り込んだ。ふと上方を見上げると、揺らめく海藻の間から、うっすら光を纏った何かが落ちてくる。ゆっくりと、真っすぐこちらに。

武司はそれが人の形だと気付くと、胸が高鳴った。はやる気持ちを抑えつつ、その身体を受け止めると、顔を覗き込んで息を呑んだ。

「美奈!」

本当なのだろうか。にわかに信じがたい。然し、穏やかなその寝顔をどれだけ見つめても間違いなく美奈なのだ。

凝視していると美奈は閉じていた眼をゆっくりと開いた。すると美奈は起き上がり、武司に強く抱き着いた。

「目の前に武司さんがいることだけは確かに分かります。嗚呼、どれだけ会いたかったか」

美奈に何があったのか、どうやってここまで来たのか武司も全く分からなかった。ただ、武司と同じように美奈も再会を切に望んでくれていたことだけは確かである。そして二人でひたすら涙を流して喜んだ。武司はこの暗くも煌めく海底農園で、愛する者と共に永久の時を刻んでいくことを決意した。

呪いの宝石

いつの日だったか、友人のS君から聞いたお話です。S君には優しいお父さんがいました。ある日、S君を自室に呼び、机から何かを取り出してこんなことを言いました。

「これは一見綺麗な宝石だが、実は呪われているのだ。君に託すから早く誰かに渡してくれないか」

さすがにS君もそんなのウソだということは分かっていました。お父さんが高校生のS君に対し、何故そんなウソをついているのか不可解でしたが、宝石をあげるのがよほど照れくさかったのだろうと考え、受け取りました。

然し数日後、お父さんは突然亡くなられたそうです。S君はそれでも、呪いなど信じていませんでした。あんなに優しいお父さんが呪われたものを人に渡すはずがないと分かっているからです。

「幾ら照れ隠しでもあんな不謹慎なことを言うから……」

酔っ払うと謎の踊りをしたお父さん、鉄道模型の組み立てが異常に下手くそなお父さん、楽しくて変な思い出ばかりのはずなのに涙が止まりませんでした。然し、すぐにまた目まぐるしい日常に引き戻されました。

そして数年が経ち、S君は恋人と上手くいっていませんでした。S君は勉強が忙しく、彼女と過ごす時間が減ってしまったことで、あれこれ責めてくる彼女に対し、嫌気が差したのです。自身にも非があることを分かっていた一方で、余裕がなくなっていたS君は少しずつ彼女を避けるようになりました。

ついに彼女から別れを切り出され、お詫びと憎しみを兼ねて、最後に呪いの宝石を渡しました。けれど月日が過ぎると、少しずつ不安になりました。面倒に思っていた彼女でしたが、いないと寂しいし、自分が突き放す前、とても熱心に支えてくれていたのは確かです。万が一、呪いが本当だったら……。

S君はそう考えるといても立ってもいられなくなりました。連絡しても会ってくれないと思ったので新幹線の予約を取り、家まで直行しました。到着してインターフォンを鳴らすと驚いた様子の彼女が出てきました。

「急にどうしたの」

「何か悪いことは起こってないか」

S君が聞くと彼女は少し考えてから口を開きました。

「特にないよ。寧ろ全てが上手くいっている。ただ……」

心配そうなS君に彼女は続けました。

「一つあるとしたらあなたがいないことかな」

「悪かった、一時の感情で君を憎いと思っていたけど、本当は何よりも大切なんだ」

呪いの話の代わりに出てきた言葉でした。すると彼女は微笑んでポケットから例の宝石を出しました。

「これを持っていたら、あなたが来てくれる気がしたの。そしたら本当に叶った。これは幸せの宝石なのかしら」

その日、二人はよりを戻したそうです。彼が本当に渡したのは、呪いの宝石でも幸せの宝石でもなく、心の底の正直な気持ちだったと私は思います。そしてその機会をくれたのは、よく分からない嘘を残した優しくて変なＳ君のお父さんだったのではないでしょうか。私にとってはそんな素敵な気付きがＳ君からの贈り物でした。

腰痛先生

私は売れない漫画家である。実家が土地を持っており、農業を営んでいるのでそれを継ぐ予定だったのだが、叶わなかった。高校の部活動で腰を痛めたせいである。そこで大学に進学し、卒業後は会社に入ろうとするもそれも叶わず、コンビニバイトで生活費を稼ぎながら誰も読みたがらない漫画を描いているというわけだ。

腰を痛めてよいことなんてほとんど何もなかった。あるとすれば少しの間部活を休めたことだ。勿論病院にも行き、リハビリもしてきた。然し不思議なことに、病院に行くと何となく治まるのに、行かない日や通うのをやめたときに限って痛みがまた出てくるのである。

これではきりがないと思って諦めたが、やはり腰の痛みとは心身にとって不快なものである。罰を受けているような痛みと、これが私の人生をダメにしている原因なのだという気持ち。もはや活動をする気力さえ奪われる。

腰痛を体験して分かったのは、痛いからと動かないのはよくないということだ。安静にしていようと横になって一日を過ごしたり、椅子に腰かけていたりしたことがあったが、それが一番腰にきた。そのため、家にこもらず、程よく運動もするようにしている。時々熱が入り過ぎて余計に痛みが出てしまうこともあったが、姿勢を変えることと負荷と安静のバランスの大切さを感じたものだ。

最近は漫画を描こうと座っていると、腰が鈍い痛みに襲われるので筆をとるのもつらい。ついでにネタ切れだ。生活のイベントの大半がバイトで占められ、どこか満たされない日々が続いた。

あるとき、私は気分を変えようと映画を観に行った。何か楽しみや時を忘れられるようなことがなければ、人生やっていけるものではない。内容については、この歳になってと言われるかもしれないが、とあるヒーローの映画であった。幼い頃から悪を倒す彼は変わらず私の憧れなのだ。然し、当時とは視点が少々変わっていたことに気付いた。以前は、強くて完璧なヒーローが悪者を倒すということに、ひたすらかっこいいという感情を抱いていた。

然し、冷静に考えれば体力の減りが異常に速いという致命的な弱点がある。その上、正義の象徴とされるヒーローが、正当防衛とはいえ命を刈り取るほどの武力を使うのは悪者とそれ程変わらないのではないか。勘違いしないでほしいのはヒーローを否定するつもりはないどころか、応援する気持ちに変わりはない。言いたいのは、悪者というのは完全に否定される存在ではなく、その中にも厳しさや容赦のなさのような見習うべきことがあり、ヒーローにもそれが映し出されているのではないかということだ。

自分でもよく分からなくなってきたが、このようなことを考えながら映画を観終え、その場を後にすると私はふとひらめいた。自分の弱点だと認識し、否定し続けてきた腰痛を何かポジティブなことに転換できないだろうか。そうだ、腰痛を題材にした漫画を描こう。さらにひらめいた。味方が敵を倒すのではなく、誰かが手を組み、お互いの弱点を補い合いながら何かを達成する内容にできないだろうか。

こうして私は久しぶりに筆をとり、漫画を描いた。筆に命が宿ったかのように制作が進み、初めて自己満足できる作品が完成した。知恵はあるが、腰痛で体の自由が利かない賢者と、力はあるのにおバカな怪獣の二人が戦うかと思いきや、協力して宝を掘り出すというお話である。誰がつまらないと言おうが関係ない、これでよい。

次は私の番である。腰痛を機に整体師を目指して身体のことを勉強し始めた。アイディアを授け、さらには新たな夢を示してくれた腰痛に初めて心から感謝したいと思った。もちろんヒーローにも。

狂輝堕昇

一

騒々しい戦乱の時代に反するかのように、秀吉[※1]は静寂を纏っていた。名将織田信長の死を知らされたにも拘わらず、些細なことでその痩せこけた顔面を崩壊させ、騒ぎ立てるような秀吉が、ただ額にしわを数本浮かび上がらせるだけであった。姫路城の居間に一人腰を下ろし、呟く。

「あの御方の絶対は絶対にないというお言葉は、どうやら私の方が身に染みていたようだ」

一呼吸置いて表情一つ変えることなく、薄暗い空間で言葉を続けた。

「絶対的な方であった、人情も含め。然し、その人情に敗れたのだ。決してあのうつけ者に敗れたのではない」

変が起こるまで信長は勢力を拡大していくに連れ、戦や統治に関する議論で臣下達と考えが合わなくなってきていた。そして誰もが力の象徴と崇めて疑わない御方は、その呼び名とは裏腹に底知れぬ不安によって、精神の安定が次第に奪われていた。また、その相談役として最も近くに光秀[※2]がいたことを、秀吉だけは全て見抜いていたのだ。信長の錯乱を裏付ける出来事として、秀吉自身が謹慎を食らったにも拘わらず、僅か数日で解禁されたことを思い出していた。

「もうお疲れだったのでしょう。あとはこの羽柴にお任せしてお休みください」

孤独な一室のろうそくの火を消し、部屋を出た。数日後、山崎の戦いで迅速な物資や兵の調達及び進攻を見せ、光秀を討ち取った。秀吉直々に退散する光秀の首を取ったが、何も言わず何も言わせなかったため、その凶行の動機やそれに対する秀吉の反応を誰も知ることはなかったそうだ。

このときから秀吉の人相は愉快な猿ではなく、獲物を狩る虎のようになられた、何かを捨てたような眼をされるようになったと、周りの臣下が口々に申すようになった。更には、今回の変で亡くなったのが秀吉で、秀吉として飛び回っているのが実は信長だという噂まで出た。然し、それは一時的なものに留まり、跡形もなく消え去った。

前代未聞の大騒動と長い期間打ち付けられていた雨が収束した後も、秀吉の相から虎が消えることはなかった。

「外部の敵に対しては思い切り暴れられても、内部の敵相手では周囲の顔色を窺いながら機を待つ。実に厄介だ」

そう口にしたのは大きな鼻と丸い瞳が特徴の[※3]黒田官兵衛だった。官兵衛が眠そうにしていると、秀吉は徒に不敵な笑みを浮かべていた。

「珍しく軍師様のお考えが古いですな。人情など捨てて己に牙を向けた者全員切ってしまえばいいだけなのに」

怖い怖いと官兵衛が呟く頃には、清洲城に着いていた。質素な風貌と門に植えられ、客人に御挨拶しているかのように萎れた柳が、不思議と印象的であった。秀吉の一行に気付いた門人は、柳の真似をするかのように深々と頭を下げ、大広間へと案内した。入ると既に柴田勝家[※4]、丹羽長秀[※5]、池田恒興[※6]の三名とその連れの者らが揃っていた。長秀と恒興は秀吉に一礼したものの、勝家はふてぶてしく近づき、嫌らしい笑みを浮かべたかと思えば口を開いた。

「これはこれは秀吉様、大胆な反逆者を成敗なさって実に愉快なことでしょう。本日も束帯がよくお似合いで」

秀吉は表情を変えず、愉快ですとだけ答えて席に座った。勝家も表情を変えることなく口を動かし続けた。

「秀吉様、もっとお喜びください。なぜ祝う側の私の方が祝われる側の貴方様よりも喜んでいるのだ、実にもどかしい」

「よく喋られる方ですね。まぁ、それもあと少しなので、喋れるうちに喋った方がいいというお気持ちはよく分かりますよ」

勝家は変わらず不敵に笑っていたが、さすがに内心苛立っているようだった。今回の対立は実質、秀吉と勝家の一騎打ちのような構造となっており、残る二者は中立的であった。野望を持ち、対立に一候補として参戦するのではなく、少しばかり利権を分けてもらおうという算段である。強いて言えば、どちらも秀吉側であったが、その色は長秀の方が強く現れていた。

その最中、信長の次男信雄[※7]と三男信孝[※8]が共に広間に入ってきた。幾多の言い争いを重ねていたようで既に険悪な雰囲気であった。二人が席に着き、暫くすると年寄りに連れられて入ってくる幼い男の子が見えた。彼こそが信長の嫡孫にあたる秀信[※9]である。秀信が入ると秀吉は嘗ての愉快な猿の表情を取り戻し、秀信に駆け寄って抱え上げた。

「天子様、お元気でいらっしゃいましたか？　また一回りご立派になられたようで」

幼き子は寝起きのせいか、一言も発することなく、不機嫌な大人達と同じような表情をしていた。いつまでもこうはしていられないと秀吉は幼き子を下ろし、自身も席に着いた。そして信長の跡目を決定する会合が行われた。

争いは激化すると思われたが、結果は秀吉側に軍配が上がり、実権を握ることが確実となった。秀吉は光秀討伐を含め、自身の功績を連ねて次代を創っていく者としての正当性を主張した。それに対して、勝家は並の武人とは比べものにならない程の実績や闘気はあったものの、秀吉のものに比べて色褪せてしまっていた。対抗できるとすれば秀吉が実は光秀を唆して変を起こさせ、裏切るかのように光秀を討って己の手柄としているという噂と情念だけであった。噂というのは弱めの毒のようなもので、徐々に効き目が広がっていくのであって、即効性もなければ耐性を持っている強い相手には無意味である。勝家の決死の抵抗も水泡に帰した。

また、秀吉の助力と嫡子という強い肩書によって、織田家の家継は秀信に決まった。このとき、信雄はたいそうご立腹で、物も知らない子供の如く家継の座を渡してたまるかと、一切の決定を認めないという様子であった。一方、そんな信雄と争いが絶えなかった信孝は呆然とはしていたものの、承知したと一言だけ発して静かに立ち去った。

彼は勤勉で人望も厚く、戦績もかなりのものであったため、信雄とは比較にならない程優れていた。然し、身分の低い母を持つという、己の努力ではどうすることもできない唯一の要素で家継となれなかった。そのような残酷な事実に絶望を覚えざるを得なかった。生まれて初めて母を恨みたくなったが、これでは信雄と何も変わらないと、自分を戒めると同時に感情のぶつけ所がなく、やるせない気持ちに悩まされた。

二

勤勉な信孝も、さすがにこの夜は酒に溺れたかったようだ。特に気乗りするわけでもなく妓楼《ぎろう》で飲んでいると、一通の文が届いた。差出人は勝家であった。大事な話がある故、文荷斎邸[※10]に来るようにと書かれていた。酔いも回っておらず、このままいても楽しめそうになかったので、約束の場所へ伺うことにした。

発つ前に便所に向かっていると、一人の男と遭遇した。男は重々しい表情の信孝の顔を覗き込むようにして言った。

「従五位の無念さはよく承知しているつもりです。然し、それは一時の感情でしかありません。過去を抱きながらも過去から脱するのです。これからが勝負になります」

信孝はその言葉の意味を理解しているのか、していないのか、承知しておりますとだけ言って足早に立ち去った。日が沈み、淡い光を灯す町並みを疾風の如く馬で駆けていく。

暫くすると文荷斎邸に到着し、一人の使用人に馬を預け、もう一人の案内で部屋に入った。

「お待ちしておりましたぞ、従五位。貴方は堅実な御方なので必ずいらっしゃると思っておりました」

あの鬼の勝家と呼ばれた者の、無邪気な子供のように喜ぶ様子には、どこか安堵や不安から解放されたかのような感情も含まれているように思われた。

「こちらこそ、お招きいただいてありがたい限りです。然し、何故突然お呼びになられたのか、伺っても宜しいでしょうか」

よくぞ聞いてくれたとでも言わんばかりに、勝家は前のめりになって口を開いた。

「従五位はこの清洲城での決定に満足されておりますか。私が見る限り、そうではないようですし、少なくとも私はそうではない」

少しずつ覇気を取り戻していく勝家に、信孝は幾らか動揺しているようでもあったが、上手く隠しながら話を聞いていた。

「従五位は庶子という身分に縛られているが故に、自身を過小評価し過ぎていらっしゃるのではないでしょうか。貴方様こそが家継の器をお持ちだということに、どうかお気付きくださいませ」

勝家の言うことは的を射ていた。同じ庶子の信雄には決して負けぬと張っていたものの、秀信には嫡男だからという理由だけで勝つことはできないと諦めていた。何の実績もない幼子に勝つことなど、いとも容易いことであるはずなのに、言い訳をして放棄した自身にも苛立っていたのかもしれない。そのような想いが、信孝の中に湧き上がっているのを見透かしてか、勝家が追い打ちをかける。

「戦わずして負けることこそ、武士の恥。共に勝利を奪い取り、次代を築いていきましょうや」

鬼の勝家のこの上ない情念が、多くの武士達を巻き込み、戦場で勝利を勝ち取ってきたのだろう。信孝はそこに憧れ、自らを投じてみたいと思った。そして溢れんばかりの気迫で、承知しましたと返事した。

三

清洲城での決定に苛立っていた信雄は、いつもの妓楼に向かっていた。緑が生い茂る道中で、どこからともなく若い女子の歌声が聞こえてきた。それを聞いているうちに、何故か自然と笑みが漏れて、次第に落ち着きを取り戻しつつあった。八割の運の悪さと二割の実力不足のせいだと適当に考えて、後は酒を飲んでからどうにかしようと心を決めた。これまでのことを綺麗に忘れ、妓楼に到着してから楽しく酒を飲んだ。

そこに一通の文が届いた。差出人は勝家であった。大事な話がある故、文荷斎邸に来るようにと書かれていた。信雄は完全に酔い潰れており、文の内容を識別できる状態ではなかった。うちの鶏[※11]殿にもう少し優しくしてやってくれとかいう、訳の分からないことを言って文を投げ捨て、いびきを響かせ始めた。

夜中に尿意で目覚め、便所へと向かっていると、一人の男に遭遇した。男は独り言を呟くかのような気持ちで信雄に話し掛けた。

「従四位の無念さはよく承知しているつもりです。然し、それは一時の感情でしかありません。過去を抱きながらも過去から脱するのです。これからが勝負になります」

去ろうとする男にしばし待ちなされと声を掛けた。話を聞いていなかったどころか、聞くことができる様子ではなかった信雄から返事が来た。

「よう分かっております。ただ今は羽柴の時代、今すぐ倒そうにも倒せる気が微塵もしませんわ。然るべき時に、然るべき人間が倒すでしょう」

酔っ払いから想像以上に冷静な返答が来て驚く男をよそに、信雄が続けた。

「果たしてその然るべき人間というのは、このわしだろうか。果たしてわしであるなら、如何するべきだろうか」

男は少しばかり表情を明るくして、酔っ払いの信雄を前に真剣に答えた。

「仰る通りです。戦に勝つには即座に仕掛けるべきときと、待つべきときがあります。今は恐らく後者でしょう。然し、手をこまねいて待つのは違います。この間に、信頼を積み重ねることから始めてみては如何でしょう」

信雄は呆然としていたが、暫くして声を上げ、高らかに笑い出した。酔いと男の面白さ故であろう。信雄は最後に一言だけ言い残して立ち去った。

「お主の視点、わしにとっては未知のもので面白い。また何処かで会える気がする故、そのときはまた語り合おうや」

目が覚めた頃、信雄は自邸の寝室で横たわっていた。使いの者が妓楼から、酔い潰れた信雄を運んだようだ。昨晩誰かと言葉を交えて楽しかった記憶が、うろ覚えながらも残っていた。また然るべきときに思い出すだろうと、寝室を抜けて支度をし出した。

四

寒さが少しずつ応え出す頃、信長の葬儀が執り行われた。今回の喪主であり、養子の秀勝[※12]に秀吉は盛大に開くようにと伝えた。その言葉の通り盛大に開催された。巨大な大徳寺に多くの参列者が集まり、溢れんばかりの花々が添えられたと言われている。満足げな秀吉の様子を見て、胸を高鳴らせながら秀勝はこのようなことを言った。

「女子の如きと思われるかもしれませんが、花とは良いものですね。その人がどれ程愛されていたのか見て分かります」

その穏やかな表情からは肯定しているように感じられつつも、その奥底では違うことを考えているようにも思われた。

「ある者がこう言った。花を引き立てるのに余計な物はいらないと。君が豪勢な舞台を用意したのは花を引き立てたかったわけではあるまいな」

それに対して秀勝は、少々緊張しながら勿論でございますとだけ口にして、秀吉も宜しいと呟いた。立ち去る姿を見送って信勝は、花と貴方達はちゃんと別物ですよと独り言を吐いて空を仰いだ。

尚、こたびの葬儀に勝家の姿は見当たらなかった。体調不良のためとだけ記した書状を送って欠席したようであった。一方で信孝は葬儀に参列し、悲しみを帯びながら献花を贈った。

秀吉は勝家の体調不良というのが口実か事実か関係なく、自分の首を狙っている前提で事を進めることにした。一方でそこに信孝が加わっていることまでは見抜いていなかった。

兵力拡大を進めていると、とある噂が流れているのを耳にした。それは嘗て本来負けることのない戦で大敗し、短気で人としての信用が低かった信雄が別人になったかのようだというものであった。無駄な賭け事や妓楼通いを止め、人柄も穏やかになった上に自らの資金で城や兵力の強化に努めているそうだ。秀吉は初めこそ警戒したものの、自身の手に及ばないことはないとし、反対に取り込めば強い武器になるとして信雄を飼い慣らそうと考えた。そして信雄に同盟を結ぶ旨の書簡を送ると、あっさりと承諾の返事が来た。

そして、雪景色に覆われる地域で、秀吉は勝家を鳴かせてみようと動き始めた。足元が悪く、両者共に十分に動けない中で攻め入ることよりも、勝家を慌てさせて戦を仕掛けさせるのが目的であった。勝家は長浜城を引き渡して一旦引き下がった。このとき、家継の秀信を取り戻したことで信孝が勝家側に就いていることを知った。然し、今の秀吉にとってその事実はもはや重要ではなかった。

秀吉の思惑通り、雪解けを迎えて勝家は挙兵し、京に向けて攻め込んできた。これが賤ケ岳の戦いである。かなりの激戦となったものの、最終的に秀吉側に軍配が上がった。この戦いで勝利した秀吉は、武将の権力の象徴とも言われる家臣第一への道が確実になった人間とは思えない程小さな疑問を抱いていた。それは信雄が兵力を蓄えていたと耳にしながらも、今回の戦いでは噂程の強さや存在感を感じられなかったことだった。福島正則[※13]や加藤清正[※14]といった、信雄よりも若き武将達の方がよほど功績を上げていた。

「期待外れであった。万が一自分の対抗勢力となったらと考えていた己が少々恥ずかしい程である。噂とはろくなものではないな」

勝家は籠城先の北ノ庄城で、信孝は大御堂寺で自害した。勝家は共に籠城していた複数の臣下達に、天下は取れずとも我らは永遠なりと飛び出しそうな程に目を剥きながら叫んで、刀で腹を裂いた。自害を果たさなかった者も少数いたが、大半が諦めや恐怖を抱き、諦めず敵陣に向かう者は更に少なかった。そして言うまでもないが、全員跡形もなく消し去られた。一方信孝は燃え盛る寺の中で一人この世を去った。逃げるよう申し出る臣下や指示を求める部下もいたが、自分は一人で死ぬ、お主らは逃げるなり戦うなり生きる道を探しなさいとだけ伝えた。寂しい一室で一人落ち着いた様子であったという。

「父上もこのような最期だったのだな。いや違う、父上は偉大な功績を残したが私は何一つ残せなかった。これでは兄上や周りの者達の笑い物だ。私に足りなかったものは果たして何だったのだろうか。本当に分からぬのか分かりたくないだけなのか」

次第に涙をこぼし始めたが、最期まで取り乱すことはなく、静かに腹を裂いた。臣下達はほとんどが殺されたが、ごく一部の者は逃げ延びたという噂が流れた。然し、その真偽や行方を知る者はいなかった。

五

信雄は家継になることは叶わなかったものの、幾らか財産や土地を相続することはできた。これを使って特に好んでいた能に没頭したり、時にはまた妓楼に行って酒でも飲んだりしようと考えた。然し、何故か脳裏に「信用」という言葉が浮かび上がる。どこかで聞いたようにも思えたが、どうにも思い出せない。

「誰が言っていたのか思い出せないし、どうしてそれを思い出したかも分からない」

どうしても頭から離れず、臣下の天野[※15]雄光と小坂[※16]雄吉と共に酒の席で話すことにした。

「中将、真昼間から酒の席で話すことがありますか」

真面目で忠誠心の強い雄光は少々訝しい顔をしたが、信雄の話を聞く態勢はとっていた。一方六尺程の大男雄吉は怖いもの知らずの楽観的な性格で、酒の席で面白い話を聞くことができれば何でもよかった。二人の様子にたいそう満足した様子で語り出した。

「まぁ、よいではないか。酒の席の方が気楽に話せるものよ。ところで今私は頭の中で信用という言葉がこびりついて離れないのだ」

これに対してより真剣な話題を期待していた雄光と愉快な話を期待していた雄吉は、はて何のお話でしょうと呆然とした様子で首を傾げた。その途端に信雄はいきなり大声を上げる。

「そうであった。数か月前の酒の席で言われたのだ。そら見よ、酒の席とは偉大なものだろう。然し、誰と話していたのだったか」

二人とももう何が何だか分からなくなりつつあったが、雄光はとりあえず「信用」という言葉について思うことはあったので伝えておいた。

「そのとき中将に何があったのかは存じ上げませんが、いずれにせよより多くの人からの信用や評価は今後の出世の助けになります」

これに対して信雄は肯定的な反応を示しつつもどこか腑に落ちないというような様子だった。

「確かにお主の言う通りではある。然し、如何にして信用を獲得するのだ？　性格を変えるとかとんでもない実績を上げるとか言うのは易いが、実行するのは別物である」

　これに関しては満場一致であった。暫く沈黙が続いて今度は雄吉が突然声を上げた。

「確かに行うのは難しいことです。でも一気にする必要はないし、いきなり始めることもありません。それが真に必要な時に備わっていればよいのです」

　信雄と雄光はこやつは何を言っているのだという視線を送った。然し、それから僅かばかりでその真意を知り、二人は悔しい程に納得することとなる。

「中将、貴方という御方は実に人間味があって追い込まれないとやる気にならず、反対に追い込まれた時の闘気には無限の可能性があります。故にまずは噂から流すのです。中将の家紋と噂があれば功績を上げる機会に遭遇し、それを実現しようと追いかけるように努められるでしょう」

「まるで背水の陣のようだ。恐れながら中将には賭け事を好まれる節がおありになるのでこたびは金ではなく、ご自身の今後の奮闘という形のないものに賭けるのも面白いのではないでしょうか」

雄光がそう付け加えると、信雄も二人がそこまで言うのなら賭けてみようと言った。このような信雄の性格は自身でもそれ程自覚しておらず、未知の自分に出会えたことに嬉しい様子でさえあった。ただ改めて振り返れば金などという小さな物に賭けてもこれまで上手くいった試しなどなく、自身というより大きな物に賭けるしか今後生き残る道はないと感じた上にそこに趣すら覚えた。

こうして信雄は意図的に真面目に兵力を蓄え、戦や地方の統治を進めているという噂を流した。事実全く何もしなければさすがにばれてしまうという不安から、以前よりも遊びを控え、武将として務めた。

噂は想像以上に早く広まり、信長の葬儀から少しばかりして秀吉から同盟を結ぶ書簡が送られた。正直秀吉を敵とする信雄にとっては複雑であった上に、何か思惑があるのではないかと疑っていた。そこで雄光がこのような言葉を掛けた。

「その話に乗ってみてもよいのではないでしょうか。今対立しても勝てる敵でないのならギリギリまで引き寄せ、その目を欺いてからでも遅くはないはずです」

「欺くか……。ならば敢えて秀吉の前で無能なふりをしてみようか。そして秀吉が油断しているうちに兵力を蓄えれば」

これには雄光も雄吉も興奮を抑えられなかった。勿論秀吉相手にそのような小細工が通用する保証は尚更ない。然し、たとえ天下人であろうと完璧な者はいないし、永遠というのも存在しない。僅かでも抜け穴があって他に見つからないならば、一生に一度の大博打を賭ける価値もあるだろう。

「どうやら私も中将もお主の遊び心に影響されているようだ」

「それを言うなら私もお二人のように物事を少しばかりは真剣に考えるようになりましたよ」

そうして三人共胸を高鳴らせ、高らかに笑いながら再び酒を交わしたそうだ。

六

賤ケ岳の戦いが終焉を迎え、信雄の周辺も暫く落ち着いた。こたびの戦いで信雄は勝利を収めた陣営にいたが、特に大きな功績を上げることはなかったため、特にその名が広がることもなかった。然し、それは狙い通りであり、表面上は全勢力を注いでいるように見せつつも名の知られていない精鋭部隊は手元に残し、出兵する者にも無理せず、少しでも負けそうになれば撤退して構わないと命じていた。そのため、兵士の疲弊も最小限に抑えることができた。加えて秀吉宛に勝利の祝いと自身の活躍を主張するような文を送った。これに対して秀吉は、余計に信雄が噂とは程遠いただただ欲深くて愚かな者という印象を抱いた。とはいえ戦に出向いて勝利に貢献したのは事実ではあったので、悪いようにはしなかった。

「果たしてあやつの目を欺くことはできただろうか。まぁよい。よく私を信じて戦ってくれた。思うこともあるかもしれないが、今日だけはもう忘れて労おうではないか」

信雄は臣下を集めて宴を開いた。妓楼で飲んだあの時程は飲まなかったが、作戦がひとまず上手くいった興奮からか足元がふらついていながらも、酔いを醒まそうと夜道を散歩していると、一人の若者とぶつかってしまった。すぐに体勢を整えて手元の灯りを相手に向けて照らした。

「これは失礼、酒は程々にしたつもりだったのだが、つい気分が高揚しており……」

細身で整った顔立ちの男の姿がくっきりと見えたものの、顔も服装も見覚えが全くなかった。せっかく一言謝ったのに会釈を返されたばかりで何処かもどかしい気持ちになったが、少しして異国の出身ではないかと気付いた。加えて日本人の顔立ちに近かったので明か朝鮮の者だろうと察した。

信雄は能のような日本の古き伝統を好む反面、父親と似たのか新しい物好きな側面もあったため、その男と話してみたいと思った。振り向いて声を掛けようとしたが、そのときには既にその若者の姿はなかった。僅かに判断が遅れたばかりに滅多にない機会を逃してしまったと悔やんだが、またいつか出会えるだろうと屋敷に戻ることにした。

「妓楼の時といい、誰か分からぬが会いたいという者が増えてきてしまったな」

世は秀吉の天下を迎え、多岐にわたる急進的な令が出されたが、特に大きな影響があったのが身分制であった。信長の真の姿を見て、秀吉の根底には天下を治める者臣下に振り回されてはいけないという思想があった。

農民や武士、商人といった身分ごとの本旨を明示し、その体制を強化しただけでなく、彼らを束ねる存在として自身を神格化したのである。

然し、こうした身分制が秀吉の目を曇らせていき、密かに警戒や反抗心を高めていく者を増幅させた。その一人が家康[※17]である。外見や能力に関しては完全にそこらの武将達と大きな差がないものの、観察眼と粘り強さに関しては底知れぬものがあった。広くその身分制を浸透させるために、地方に力のある家臣を少数分散させているところに家康は目を付けた。

「彼らは家臣第一に近い存在ではあるが、中にはそこから離れている上にそれに見合った権限が与えられていない者もいる。そこを長い時間掛けて突いていけば政権も長くはもつまい」

そして何よりも戦を起こす大義名分に悩んでいたところに吉報が入る。それは信雄からの書簡であった。当時信雄は賤ケ岳の戦いで特に目立った功績を収めず、名ばかりの男と言われていた。秀吉側からは敵とも認識されていなかったが、舞台は整いましたと書かれているのを見て、家康はすぐさま同盟を結ぶ準備をした。

「やはり、あの時の言葉は従四位に届いていたのですね。私には分かります」

七

家康は信雄と対面し、簡単な世間話を交わした後に同盟を結ぶ流れとなった。

「家臣第一は私を侮っていますが、私は兵力を溜めてきました。今こそ解放するときなのではないかと思い、正四位殿と同盟を結びたく思って文を送らせていただきました」

家康にとっても当然ながら好都合極まりなく、上機嫌であったが、一つだけ釘を刺しておくべきことがあった。

「実に頼もしくなりましたね。ただし、戦を起こすために大義名分が必要になります」

信雄はよほど戦に勝つ自信があるのか、家康を思った以上に慎重な方だと少し盛り下がっているように見えた。

「溜めるところまで溜めてきました。これ以上の我慢は不要かと」

「あの時、信用が大切だと申したのをお覚えですか」

その言葉に信雄は少し首を捻り、何かを思い出そうとしているのか黙り込んだ。そのような様子に構わず家康は続けた。

「然し、溜める必要はありません。寧ろ解放するのです。中将が家臣第一に対して報酬か何かを口実に反発すればいいのです」

その言葉に信雄の表情は晴れ、完全に納得したようであった。

「確かに私を愚かだと考える家臣第一に対して私が功績で不満を出さないのは不自

然ですね。それすらも戦の大義になるとは」

両者の表情は闘志に満ちていった。屋敷の庭に出ると風が吹き、涼しくなってきましたなと空を見上げた。

「確か私が清洲会議の後、酔っ払っていた中将に声を掛けたのもこのくらいの時季でしたね。季節というのは瞬く間にやってきますね」

この言葉を聞いて信雄は全てを理解した。あの時、信用を得るよう助言を受け、それを基にここまで繋いできた。酔いながらも話に面白みを感じ、再び会いたいと思っていた男は、今目の前にいる家康だったのだ。心の奥底から湧き上がる喜びを一気に解き放った。

「私の運命はあの時、正四位殿がなさったお話のお陰で変わったのです。必ずや、貴方様のお役に立ちましょう」

家康は信雄の気迫に、それは何よりですと仰け反りながらもふと思い出したように別の話題を持ち出した。

「そうだ、是非中将にお会いしていただきたい者がいるのです」

信雄の高まっていた感情も一旦落ち着き、果たして誰と会わせるつもりなのかと待っていると垂れ目の若い僧が一人入って来て腰を下ろした。全く面識もなかったので何者かと不思議そうにしていたところ、即座に家康から紹介が入る。

「こちらは藤[※18]原惺窩という者です。以前は京の相国寺の僧でしたが、今はこの岡崎の地に出向いてまだ若いながらも朱子学を究め、伝えております」

そう紹介された惺窩は信雄に御挨拶申し上げますと言って礼をした。信雄は朱子学というものに詳しかったわけではなかったが、異国の地の学問として幾らか興味はあった。故に紹介してくださったのだろうと察したが、これ程までに若い者が学問を究めていることに関心と驚きを覚えた。

「正四位殿に選ばれるとはお主はそれ程優秀というわけですね。宜しく頼みますぞ」

信雄が直接惺窩にそう伝えると、少々恥ずかしそうな様子で答えた。

「恐悦至極でございます、中将。ですが、私もまだ未熟者であり、学問を究める道は長く険しいものでございます」

信雄は初めて惺窩を見たとき、惺窩が自分達を前にしても落ち着いており、垂れ目も相まって少しばかり老けて見える程だった。その印象の通り、落ち着きと謙虚さを兼ね備えた悍窩のことを気に入った。

この日はここでお開きとなった。次に悍窩と会うことになるのは恐らく秀吉との戦が終わった後になるとされた。少し寂しい気持ちになったと同時に、それが信雄の戦への意欲を一層掻き立てることとなった。

八

穀物も出会いも収穫が豊富だった秋も終わる頃、信雄は秀吉に賤ケ岳の戦いにおける待遇が不当であると騒ぎ始めた。世間の反応は意外にも分かれ、織田家の者として信雄の主張に同意する者と功績の不十分さを主張する者がいた。これも独占的な豊臣政権に対する反発の高まりの現れなのだろうか。

更に追い打ちをかけるような出来事が起こった。雄吉の息子雄長[※19]が秀吉と内通しているという疑いが掛けられた事件である。雄長は実際に秀吉側の臣下と内密に面会している事実が確認され、信雄は雄吉に免じて厳罰に処して済ませようと考えたが、家康はそれを許さなかった。賤ケ岳の戦いの後、秀吉に唆されて信雄側を裏切り、情報を流していたとして雄長を処刑することで秀吉への宣戦布告ができると考えたのである。無論これに最も反対したのは信雄だった。再び岡崎の地へ足を運び、家康に直談判した。

「若し、雄長が情報を流していたのが事実であればわしが兵力を隠していることを知り、潰しに掛かって来ているはずです」

「中将はまだお若いからか、少々甘いところがあります。敵はあの家臣第一、数多の犠牲の下、徹底的に詰めなければ勝てないのです」

家康の言うことが正しいような気もしなくはないが、それでも信雄は首を縦には振らなかった。

「百歩譲って正四位殿が正しいとしても、私の臣下の処遇は私が決めることです」

それでも家康は承服できないと言い放ち、そうしなければ同盟を解消するとまで主張してきたのだ。信雄はぶつけ所のない怒りを心の奥底に抑え、結果的には家康の言う通り、雄長を処刑した。これによって来たる春に秀吉軍と信雄家康の連合軍が激突することとなる。

その直前に雄吉が自邸にて自ら腹を切る悲劇が起こった。机の上には遺書が置かれており、その内容は次のようなものであった。

「我人生、中将のお陰で誠に楽しかった。それなのにその中将に恩を仇で返すようなことをしてしまい、今回ばかりは笑って済む話でないのは自明である。故に何の価値もないかもしれないが、この身を捧げようと思う。せめてもの忠誠心の証明になることと中将の更なる飛躍を願いながら」

この訃報を聞いた信雄はすぐに駆け付け、冷たくなった遺体の前で膝から崩れた。

「お主の持ち味は楽観的なところだったはずだ。何故、ここでそれを無くしてしまったのだ。これはわしらのせいなのか」

生きていたら、何を戯けたことを申しおってと小突いて大笑いしたいところだが、それすらできない、そんな虚しさで満たされた。そしてその傷が癒えることなく、すぐに秀吉軍との競り合いが始まった。小牧・長久手の戦いである。一度始まってしまえば思い出す余裕は当然なく、戦に全てを投じなければならない、はずであった。

家康が地元岡崎近辺の情報網を上手く利用し、優勢に進めていき、恒興ら秀吉に近い武将達をも破っていった。信雄もこれまで溜めてきた兵力や精鋭部隊を利用して秀吉軍を打ち破っていった。このときのために準備をしてきて、それが実を結んでいるはずなのにどうにも満たされない。

「お主と見たかった光景をお主抜きで眺めても面白くないものだ」

信雄は次第に、戦によって穴の空いた心を埋めることができなくなっていた。両者拮抗し、僅かばかり信雄らが優勢になっていたとき、秀吉から和睦の申し入れがあった。このときの信雄の心理を秀吉が把握していたとは考えづらいが、いずれにせよ絶妙な合間であった。

信雄は家康であれば和睦に反対するだろうし、そもそも相談したくもなかった。そのため、独断で秀吉との交渉を成立させ、戦は終焉を迎えた。家康は表立って感情を露わにすることはなかったが、秀吉を止められなくなったことにはかなりの痛手を感じていた。

和睦が結ばれてから暫くして秀吉は関白の座に就き、絶対的な権力を得ることとなる。以前と変わらぬ力を持つ秀吉に対して信雄が得たのは、特に近くにいた臣下とその息子の死、また尊敬していた家康への落胆であった。それならば初めから秀吉側へ留まっていた方が失うものも少なかったのではないか。信雄はそう考えるようになり、秀吉に従属するようになった。

九

豊臣政権が安定している中、不穏な動きが出てきていた。秀吉の野心は一島の統一に留まらず、大陸への進出に傾倒していた。初めは反対する者も一定数いたが、こたびの秀吉は家臣第一ではなく、関白であり、反発できる者はほとんどいなかった。直前まで反対し、且つそれができていたのは実の弟秀長[※20]であった。顔は秀吉によく似ていたが、性格は比較的穏やかで自ら先導するより、陰から支える立場を好んだ。故に政権そのものより政権を欲する秀吉の支援に興味があり、若しそれがなければ兄弟間の抗争も起こっていたかもしれないと言われている。

秀長は、青空の下そびえ立つ、大坂城の天守閣からの景色を仰ぐ秀吉の元へ向かい、声を掛けた。

「如何ですか、この眺めは」

「私がそれを聞きたいと思っていた。この眺めは絶景か虚しいか」

質問に質問で返す秀吉に対しては特に何も思わなかったが、質問に関しては思うことを正直に答えた。

「虚しいとは決して思いません。然し、まだ敵が完全に消え去ったとは言えず、まったりと眺めているばかりではいけないかとも思います」

秀吉は目を閉じてそうかと頷いた。秀長を始めとする臣下の話を真っ向から否定することは少なかったという。然し、同時に完全に同意するということも少なかった。

「お主の言う通りだな。まだ、内治すら十分とは言えない。だが、それでも私は大陸を手に入れてみたい」

その言葉の真意を即座に掴み取り、これまで穏やかであった秀長も顔色を変えた。

「今一度お考え直しくださいませ、関白。誠重要なのは内部の敵ですし、その上で外部とは友好な関係を築くべきです」

兄弟だからこそ、秀吉は秀長の言動には考えも感情も全てさらけ出す。今回もまた怒号が飛ぶだろうと覚悟をしていると、秀吉の口から出てきたのは天下人とは思えぬ弱々しい言葉だった。

「大納言よ、この世に絶対というものはない、あの御方のお言葉だ。私が望んだのはあの御方ですら成すことのできない絶対的な存在として見下ろす景色だ。そのためにはお主を含め如何なる臣下をも信じ切ることはしてこなかった。然し、今となってはあの御方が正しかったと分かる。私は望まぬあの御方の姿を意図せず追ってしまっているのだ。故に不可能とも言える完全なる内治の追求よりも、大陸侵攻を夢見たいのだ」

これを聞いて秀長は驚き呆れたが、すぐに血を吐く程の怒りに変わった。

「これ程弱気で天下人が務まるものか。私がお支えしたい兄上は何処へ行ってしまったのだ。一体何をそれ程恐れているのか仰ってください」

いつもは怒る秀吉をまたかと言わんばかりの表情で迎え撃つ秀長が、悪鬼の形相で迫りくる。その様子に対して秀吉はもはや牙を抜かれた虎であった。

「信雄を操った家康が恐ろしいのだ。味方を数倍の戦力にまで引き上げて常に私を狙うあの男がいる限り不可能なのだ」

「ならば私がお支えしたかった天下人を奪った家康を捻り潰す。そして私こそが天下人となる。その座を明け渡す準備だけしておいてください」

悪鬼の形相を崩さない秀長は最後にそう言い放って立ち去った。秀吉は呆然としていたが、正気に戻ると腸が煮える程の怒りが込み上げてきた。室内に戻り、先日贈り物として受け取った陶器を床に投げつけた。

「ようやく本性を現しよったな。まず討たれるのはお主じゃ。天下人とは何か、無知なお主に教えてくれよう」

ついに兄弟間の争いが現実になってしまうと誰もが恐れ始めた頃、秀長は病死してしまった。まさに秀吉が兵力を万全に整え、秀長に戦を仕掛けるという頃合いであった。そのため、そのやり場のない怒りをぶつけるかのように国内の対抗勢力と激突し、討ち取っていった。

そして、ある程度落ち着いたところで夢見ていた大陸侵攻の支度を本格的に始めた。明に攻め入るためには地理的に朝鮮との交渉が不可欠であった。然し、朝鮮は明の従属国であり、易々と明を売ることはないだろうと予測した秀吉は、強気に両国もろとも武力で攻め入る算段であった。そのため、秀吉は朝鮮との貿易の拠点である対馬国領主宗義智《そうよしとし》に大胆にも日本への服従を求めさせ、朝鮮が拒否すれば即座に出兵するように命じた。これが極限まで闘志をむき出し、傲慢を極めた男の浪漫の始まりであった。

十

李氏朝鮮十四代国王宣祖《ソンジョ》の時代、倭国から戻って来た姜沆《カンハン》※21は、祖国朝鮮の腐敗の気配が徐々に漂い始めているのを感じていた。

「この国は儒学者ばかりが目立っている。倭国では軍人のみならず商人農民の営みも際立っていた」

「それをそなたが我々に言うのかね」

姜沆の話を聞いた周りの儒者達はそう言って大笑いした。姜沆も文官を目指している儒学者であったので、自身を批判している様子を滑稽だと思われたのだ。また、一匹狼のような性格で他人との私的な交流が少ない一方、自身の思想ははっきりと表す姜沆を非常に好む者と嫌う者で二極化していた。そのため、儒者達の中にも面白い奴だと好意を持って笑った者と、頭がおかしい奴だと嘲笑した者が混じっていた。然し、人の言うことのほとんどを無視するため、そのような者達など微塵も気にせず自分の考えを展開していった。

帰国してからというもの、科挙に向けて学業に努めた。ほとんどの者は科挙の勉強に数年間全ての時間を費やすが、それでも落ちる者も多かった。然し、姜沆の場合は勉強も勿論全力でしたが、同時に畑を耕したり、焼物に打ち込んだりといった活動にも勤しんだ。

誰もが生半可なあやつは落ちるだろうと囁き、馬鹿にしていた。中には酒の席で酔い、姜沆が文官になったら高官の父の持っている財産を全て民に提供するとまで言った者もいた。その状況の中で姜沆はなんと一発で科挙に合格してしまったのだ。主席とはならなかったものの、それでも上位の成績を収めた。

　余談ではあるが、姜沆が合格したら父の財産を全て民に提供すると言った者は、このたびの科挙に落ちた上に周囲から嫌われていたので、約束を果たすように煽られた。そして、本当に財産を民に流していたが、途中で父にばれてしまい、その後行方を知る者は誰一人いなくなったそうだ。実はこのとき姜沆の評判が本人の知らない所で良くなったそうだ。科挙に合格した実力者として知られたのは勿論、合格によって流れて来た財で命を繋ぐことができた民や面白いものが見られたと楽しむ儒学者が幾らかいたのである。

　そして倭国との戦が始まった頃、朝廷に文官として入り、国倉を始めとする食料供給の管理の職に就いた。民と交わり耕作も経験してきた姜沆にとっては最適な役職であったし、本人も希望していた。

「倭国でぶつかったあの男は事を成そうという気概に満ちていた。今の私も同じ気持ちである」

そう呟いて一人微笑んでいると何者かが列を作ってこちらに向かっているのが見えた。青の衣に龍の紋章、世子《セジャ》[※22]だった。最近若くして世子となり、王と協力して侵攻に対抗しているというが、実際には王は都を離れ、世子が単独で軍を率いているのが現状だった。淡白な顔立ちながら背丈は高く、軍人にも劣らない体格を持つこの男こそ、宣祖の次男光海君《クァンヘグン》[※23]である。

「この御方が世子様、何という威厳だ」

頭を下げながらそう考えていると、思いもしないことに光海君が話し掛けてきたのだ。

「食料は国や民のあらゆる局面に繋がる生命線そのものだが、その供給に問題はないか」

突然の出来事に強心臓の姜沆も固まってしまった。然し、その言葉には威厳と同時に国を憂う若き世子としての穏やかさも含まれており、姜沆も気持ちを落ち着けて何とか口を開いた。

「勿論でございます。私は所詮儒学者の一人に過ぎませんが、前線に立って戦われている世子様に続いて自分の責務を全う致します」

そうか、それは頼もしいと微笑み、立ち去ろうとするも足を止めた。どうやらまだ姜沆に息をつく時間は来ないようだ。そう思っていると光海君が再び話し始めた。

「儒学者が歓迎されている中、大抵の者は威張っているのにそちは自身のことを所詮儒学者と言って蔑《さげす》むとは変わっておるな」

姜沆は褒められているのか見下されているのか分からなかったが、世子様を前に余計なことは言うまいと頭を下げ続けていた。その様子を読み取ったのかもう少しだけ表情を緩めて言葉を発した。

「もしやそちが噂の姜沆という者か」

見下されているわけではないと感じた姜沆は緊張を少しばかり解いたが、同時に光海君が自分の名を知っていたことに驚き、動揺していた。

「噂になっていたことは存じ上げませんが、私が姜沆でございます」

「そうか、そちは学問だけでなく、文化や産業と幅広い分野にも触れていると聞く。いずれはそちのような人材が必要になるだろう」

そう言って満足そうに立ち去った。これまで姜沆は馬鹿にされることが多かった。そのため、世子である光海君が数少ない自分の理解者であることに喜びと驚きを感じていた。

「恐悦至極でございます、世子様」

去り行く背中の龍を見ながら叫び、深々と頭を下げた。このときから姜沆はより一層職務や学問に励みながら文化や産業をも究め始めた。常人では成せぬ程の器用さでその才能を次々と開花させることとなる。

十一

姜沆が入朝する数年前、朝廷では倭国との外交に悩まされていた。倭国で勢力を拡大していた豊臣秀吉はあろうことか朝鮮の服従及び宣祖の訪問を要求してきたのだ。

「倭国は朝鮮を馬鹿にしているとしか思えない。ましてや王様に対して何たる無礼だ」

領議政《ヨンイジョン》[※24]の盧守慎《ノスシン》は怒号を上げた。ただでさえ東人派《トンイン》[※25]と西人派《ソイン》[※26]で内部分裂が起こっていたのに外患についての論議まで要され、険悪な空気が漂っていた。最高位の領議政を中心とした東人派が多数派で力を持っており、倭国からの要求を断固否定するよう主張した。一方左議政《チャイジョン》[※27]の李仁奉《イインボン》を中心とした西人派はこれに対して主張は異なれど、内外共に激突は避けるように努めた。

「王様をお送りするのは私も反対ですが、倭国の勢力は紛れもなく拡大しております。要求を完全に無視すれば朝鮮は火の海となってしまいます」

「そなたらには朝鮮の誇りはないのか。倭国に易々と取り入るとは。それに明も援軍を送ってくださるというのに」

穏健派と言えど、西人派も全く譲らない東人派に対して折れることはなかった。

「領議政様も現実をご覧になり、誇りよりも犠牲を最小限に抑えることをお考えになってください。明の援軍を頼り過ぎるのも危険ですし、それこそ朝鮮の誇りに欠けるのでは」

激化していく議論を、歳と内憂外患により気力を失いつつあった宣祖が制止し、口を開いた。

「もう止めよ。両者の主張は分かった。ひとまず倭国に視察も兼ねて遣いを送るように」

賢明なご判断でございますと頭を下げる西人派に対して、東人派は王様に異議を申し立てた。

「どうかお考え直しくださいませ王様。遣いを送れば倭国は更に要求を強めてくることでしょう」

「止めよ。今日はここまでだ」

弱々しく言い、玉座を立ち上がって殿を後にした。そして、暫くして西人派の※28黄《ファン》允吉《ユンギル》と東人派の※29金誠一《キムソンイル》が、秀吉の天下統一の祝いを名目として倭国に送られた。やはり党派の人間だけあって誠一は威圧的に、允吉は冷静に倭国の者と向き合った。

倭国の代表者は宗義智という男であった。

「この度は関白殿の天下統一、お祝い申し上げます」

そう允吉が言うとまだ若き宗義智は表情を変えずにお礼を述べた。初めはあまり笑わない不愛想な若者かと思われたが、話し方は穏やかで通信使の二人とも次第に打ち解けていった。

「はっきり申し上げると関白は明への侵攻を狙っています。その上で貴国の服従を求めて戦も辞さないおつもりです」

これを聞いた誠一は激怒し、義智の胸倉を掴みに掛かる勢いで立ち上がった。それを倭国の兵と允吉で制止した。

「こやつらは我国に攻め入ると堂々と宣言した。これ程の侮辱が他にあると言うのか」

允吉が激怒する誠一を止めたのは義智の誠実さを感じ取ったからである。即ち戦に前向きなのは倭国の関白なのであって、もしかすると義智自身は穏便に済ませたいという意志があるのではないかと推測し、最後まで話を聞こうとした。

「とはいえ私も、いきなり服従を求めるのも非道かと思います。故に時間を掛けていけば貴国と良好な関係が築けそうだと報告して時間を稼ぎます。私にできるのはここまでです」

誠一はこれを聞いてもなお時間稼ぎがどうした、遅れてやって来た無礼を詫びろと騒いだが、一旦ここでお開きとなった。然し、後日朝鮮に帰国すると誠一は倭国での出来事が夢だったかのようにけろりとしており、挙句の果てには倭国に攻める意志はないと報告したのだ。故にこのまま倭国の要求は胸を張って拒否し続ければ問題ないと主張した。これに対して允吉も倭国での落ち着きが嘘であったかのように激怒した。

「あまりに酷過ぎる報告でございます。確かに外交を務めた者は侵攻に意欲的ではありませんでしたが、倭国で上に立つ者は明らかに戦争を仕掛けてきます。ここで用意せず、静観するなど言語道断でございます」

允吉の魂の訴えも党派の壁を超えることはできず、誠一の報告が採用された。その後も倭国からの要請が度重なって来たが、強気の姿勢で拒否し続けた結果、ついに倭国が海を渡って攻撃を仕掛け始めた。当然ながら朝鮮は戦いの準備が遅れ、不利な出だしとなってしまった。誠一は虚偽の報告をしたとされ、党派にも見捨てられて処刑された。これが自分や自分の属する党派の欲望のままに主張して、最悪の事態をもたらした男の末路である。

十二

秀吉による朝鮮侵略が始まり、苦戦を強いられた。この難局を乗り切るため、宣祖はやむを得ず、光海君を世子の座に据えることを公言した。光海君は庶子且つ次男であった上に次の王としてふさわしいと臣下からも信頼されていたことで、宣祖に疎まれていた。そのことを知っていた光海君は世子になることを一度は断った。

「父上がお気分を害されるようでしたら私を世子にするのはおやめください。たとえ世子でなくても私は父上のお力になりましょう」

「その心配はない。そちには世子として存分に力を振るってもらいたい」

　今となっては宣祖も藁にもすがる想いであったし、万が一のことがあっても明から正式な冊封がなければ世子を代えることができるという思惑であった。そこまで分かった上でも光海君が奮闘したのは、肉親である父を守るためであると同時にそのような父への反骨精神によるものでもあった。光と闇を内に抱えながらもその奮闘の対象は常に民の方向に向けていた。結果的に一度倭国を撤退させるのに成功したのだが、その要因の一つとして、国倉の備蓄米を民間へ流して餓死を防いだ上で義兵隊としての戦力を編成したことが挙げられる。※30両班《ヤンバン》を中心とした文官、軍、多くの民達をまとめ上げ、その力を引き出していったのだ。

　そして、ここで重要となる国倉の管理をしていた、細身で整った顔立ちの男に出会った。他の者とはどこか違うものを感じ、名を聞けば案の定、変わった文官として噂の姜沆だったのである。いずれはこの異端児の存在が必要になるだろうと感じた光海君はその存在に目を付けた。

　こうして難局を乗り切り、情勢も僅かばかり落ち着いた頃、市中の視察として王宮を離れた。このとき、姜沆も連れて行き、焼物作りを通して民間産業の振興と歳の近い姜沆との世間話を図った。また、加えてそこに意中の女子がいたという噂があったとかなかったとか。

「もし余が王になったとしたらそちはどう思うだろうか」

そのようなことを聞かれ、姜沆は少々戸惑いながらも言葉を絞った。

「歓迎すると思います。王である以上あらゆる人や物事を巻き込み、巻き込まれる必要があります。世子様程それが成せる者は他にいないでしょう」

姜沆が嘘偽りを申さない人柄であることを十分理解していた光海君は、左様かと満足げにほほ笑んだ。

「そちにそう言ってもらえると勇気が出る。だが、所詮私も世子である前に一人の人間である。悩みが尽きぬものだ。庶子である上に次男である私を周囲や父上は認めてくれるだろうか」

「共感はできますが、その答えははっきり言って分かりません。ただ、今目の前の事に尽力した先に見える景色があるのではないでしょうか」

光海君の顔に再び笑みが戻った。後日出来上がった焼物はどこかいびつであったが、二人とも満足していた。

十三

倭国との交渉が決裂し、再び戦火に包まれた。前回の戦よりも更に激しくなり、惨殺される民の数も増えていき、宣祖も都を離れて避難したことで民の怒りも爆発寸前だった。そのような状況下で姜沆も倭国の兵に捕らえられ、捕虜にされてしまった。然し、やはり姜沆は変わり者であり、捕虜となっても内心は恐怖よりも喜びが上回ったのである。

「再び倭国で見物ができる。しかも今回は費用も掛からない」

そのような喜びを心に留め、真顔で倭国へ送られることとなった。数日掛けて倭国に到着すると決して十分とは言えない量の食料のみが提供され、更に歩かされることになる。初めは街や商人の賑わいを眺めながら楽しんでいたが、どれ程歩いたかも分からなくなる頃には元々痩せ気味だった姜沆はげっそりとしてしまった。兵も心配になる程であり、記憶が薄れてきたくらいの頃合いで特別に幾らか飯を分けてもらえた。

そして、ようやく到着した所は岡崎という地であった。指示された通り、大きな屋敷へ入るとそこには二人の男がいた。一人のそこらにいそうな武将が垂れ目の僧に話し掛けているところであった。

「未だに従二位とは会っておるのか」

「い、いえ、そのようなことは」

何の話をしているかはよく分からなかったが僧が明らかに嘘をついており、武将もそれに気付いていていた。

「そんなに責めることはないから、嘘をつくのは止めたまえ。寧ろこのまま、あの者に学問を教え続けてやってくれ」

僧が胸をなでおろしているところで、姜沆は部屋に入るように指示された。どうやら付き添いの者が二人に対して、姜沆のことを紹介しているようだ。

「そなたが朝鮮の儒学者ですか。お待ちしておりましたぞ。私は藤原惺窩と申します」

先に声を発したのは僧の方であった。その様子を武将は落ち着いた様子で眺めていた。

「失礼致しました。つい心浮かれてしまいまして……。こちらが正二位の徳川家康公でございます」

二人の紹介を受けたところで姜沆も一礼して改めて名乗ると同時に疑問をぶつけた。

「姜沆と申します。お二人はどういった関係で、私は何故ここへ連れて来られたのでしょうか」

そう尋ねると、惺窩の方が愉快そうに話し始めた。

「そう慌てるのではない。私達の身分は明らかに違えど、朱子学を学び合う仲なのです。本場の朝鮮や明にも出向きたいのだが、今はこのようなご時勢。故にそなたからご教示いただきたく思い、お呼びしたのです」

なるほど、自国の学問に興味を持ってくれるのは敵国とはいえ悪い気分にはならなかった。勿論教えられることは教えるつもりであったが、その前に言っておきたいことがあった。

「共に学ぶのは歓迎ですが、一概に私の国が良いとは思いません。朝鮮では儒学者が優遇されるあまり実業への支援が薄く、朝廷内でも党派の権力争いの日々です。それに比べて倭国の商売は非常に賑わっておりました。はっきり言って国としては倭国の方が理想的だと思います」

そう言うと惺窩は勿論、先程まで落ち着いていた家康も笑みを浮かべていた。どうやら二人も姜沆の正直さを気に入ったようだ。すると次に口を開いたのは家康であった。

「ないものねだりしてしまうのは人間の性なのだな。若い者二人交流していけば、いずれ両国の発展に繋がるかもしれぬ」

更に続ける。

「改めて朝鮮には申し訳なく思っている。関白の侵攻を止めることができなかった」

家康がどこか自身を責めているようにも感じられた。そして、三人で朱子学を学び合う日々が続き、次第に意気投合していった。その中で、姜沆はぼそっと光海君のことを呟き始めた。

「朝鮮にいた時、私は世子様と交流がありました。世子様は若きながら武芸にも学問にも秀でておりましたが、庶子であり、次男であったことから王様に疎まれていることに悩まれています」

　これを聞いて家康はある話を始める。

「私には二人の知り合いがいました。二人とも権力者の子供でしたが、庶子であったため家継にはなれませんでした。一人は非常にまじめな性格故に自分を責め、自分の世界に閉じこもり、最後の勝負に出た結果、自害しました」

　姜沆は黙ってその話を聞いていた。

「もう一人は怒りっぽく、適当な性格であったため、一度怒りを発散し、その後は深く考えませんでした。然し、同時に人の話はよく聞き、疑問や自分の考えを常にぶつける性格でもあったため、周りからの助言を受けて時間をかけて逆転したのです。

然し、その男は今では落ちぶれているように思います。なぜだか分かりますか。感情に振り回されたからです。確かに感情は大切ですが、それだけに揺さぶられ、自身のあるべき姿を見失ってはならないのです」

暫くして秀吉が亡くなり、倭国の兵も撤退したことで姜沆は朝鮮に戻った。その後、再び王宮に入り、倭国で聞いた話を光海君にも伝えたそうだ。そして、光海君は李氏朝鮮第十五代国王となった。光海君という名は優れた政治手腕を発揮したとされる一方、親族殺しの無慈悲な王、党派の声に悩まされた王として語り継がれている。

※1　羽柴秀吉、後の豊臣秀吉
※2　明智光秀、本能寺で織田信長を討つ
※3　織田信長、豊臣秀吉、徳川家康と三人の天下人に仕えた
※4　織田氏の宿老、織田信長に従い天下統一事業に貢献
※5　織田氏の宿老、織田信長に従い天下統一事業に貢献
※6　清洲会議に出席した織田家重臣の一人
※7　織田信雄、織田信長の次男
※8　織田信孝、織田信長の三男
※9　織田秀信、織田信忠の嫡男、織田信長の嫡孫、岐阜城主
※10　中村文荷斎、柴田勝家の家臣
※11　信雄の邸宅で飼っている鶏のこと
※12　羽柴秀勝、豊臣秀吉の養子、織田信長の四男
※13　豊臣秀吉の家臣
※14　名古屋城、熊本城を築城
※15　織田信雄に二万石余で仕え、伊勢長島城番を務める
※16　織田信雄の傅役《もりやく》、吉田城主。史実では文禄二年（一五九三年）または慶長六年（一六〇一年）に死去

※17　徳川家康、江戸幕府初代将軍
※18　戦国〜江戸時代の儒学者
※19　小坂雄長、史実では織田信雄の命で秀吉に仕え、寛永一三年（一六三六年）に死去
※20　豊臣秀長、秀吉の異父弟。豊臣政権の軍事、大名との調整を担う
※21　朝鮮王朝の官僚、史実では日本に渡ったのは慶長二年（一五九七年）が最初である
※22　諸侯・大名の跡継ぎ、ここでは王位継承権を持つ王子の呼称
※23　李氏朝鮮十五代国王
※24　朝鮮最高の中央官職
※25　李氏朝鮮官僚派閥の一つ
※26　李氏朝鮮官僚派閥の一つ
※27　領議政、右議政《ウイジョン》に並ぶ朝鮮王朝行政府の序列三位一体の公職
※28　李氏朝鮮中期の外交官
※29　李氏朝鮮の文官
※30　李氏朝鮮の支配階級の身分

桃源郷

一

「桃源郷って知っているか」

大学で農学と動物学の課題が終わらず、他の講義中も進めていた。終わらないというよりは他の科目に比べてかなり力を入れていたと言い訳がましくも言っておく。内職の果てに終了の鐘が鳴り、同じ講義を受けていた優輔から突然そのようなことを聞かれた。

「理想郷のことだろ？　確か中国の文学で出てきた」

「その通り。あくまでもお伽噺の中に出てくるものと思っていたが、これが現代に存在するらしい。全員が幸せに暮らしているとか」

このとき私はどんな表情をしていただろうか。優輔が気を利かせて鏡でも出してはくれないだろうかと思いながらもそれはすぐに崩れ、吹き出した。

「何ともおめでたい話だね。あったら既に誰かが発見しているよ。それを見た人か住人からのお便りでもあるのかい」

「誰もいない。だからこそだ。掲示板で桃源郷の話が嘗てない程熱を帯びている。でも目撃者も住人も出てはこない、不思議だろ」

思った以上に真剣な口調で話す優輔の姿が、余計滑稽に感じられた。

「よく分かんない人達が集まって、アカウントを量産してから載せているだけじゃないのか」

話を流してやろうという私の意図に反するかのように続けた。

「その掲示板は警備だけは厳しくて、アカウントは絶対に一人一つしか作れないはず。その中で、これ程にも桃源郷が話題になっているのさ」

なるほど、優輔は昔から何にでも興味を持つ系統の人間だ。このような話に気持ちが昂《たかぶ》るのも無理はないが、それでも私は容易には信じようと思えなかった。

「ほう、確かに面白いな。ただ世の中に絶対ということなんてないよ。アカウントを複数作る方法が見つかったのだろう」

「まぁ確かに。でもそれは考えづらい。俺もアカウントの複数作成を本気でやろうとしたことがあったが、全くできなかった」

そうであった。優輔は生粋の理系で、情報系に関しては頭一つ抜けていた。その優輔が言うのはかなり説得力があったけれども、上には上がいる。少し自信過剰なのではないかと言おうとしたけど、数少ない友を失いたくはないと思い、止めた。

「そこでなんだけどさ、その桃源郷を探しに行かないか」

優輔とのこれまでの会話で、最も理解し難い内容だったと思う。

「何だって」

「桃源郷を探しに行こうって言ったのよ。多くの人があると言っているのに誰も見てない、俺達が見つけたら世紀の大発見だろ」

「やはり馬鹿げている。そんなの絶対にあるはずがない」

混乱する私を横目に、優輔がニヤニヤしているのが尚更腹立たしい。

「世の中に絶対はないのだろ」

痛い反撃を食らったものだ。いつもなら何も言い返せなくなるが、今回は続けた。

「世界や宇宙の何処にあるかも分からない桃源郷を探すために今の生活や一生を共に使い果たそう、そう言いたいのかい」

やや機嫌が悪くなったようにも見えたが、それでも優輔は冷静に答えた。

「君は少々完璧主義過ぎるのだ。全てをそこに賭けるのではなく、あったらいいなというような感覚で、たまに一緒に旅行にでも行こうってだけなのに」

いつの間にか優輔以上に熱くなり、桃源郷の存在を信じていたとでも言うのだろうか。再び一杯食わされたような気持ちになった。

「そして、これは君のためでもあるのだぞ。君はこの前、俺に悩みを打ち明けたよな」

就職活動のことだろうか。自身の目指すべき構想があるにも拘わらず、ことごとく面接で落とされていく現実に私は絶望していた。

「桃源郷が見つかれば理想を追求できる、見つからなかったら堂々と君の正しさを主張できる。成功を目指し過ぎて試行錯誤する精神が、今の君には欠けている気がする」

どうやらこの話が桃源郷への気持ちを煽り立ててしまったようだ。優輔の言うように、私は完璧主義且つ要領が悪い人間であり、それ故に就職活動も上手くいかなかったのかもしれない。桃源郷を探すことでそのような自分を変え、運が良ければ幸せな世界に住むこともできる。そう考えると胸が躍った。

「やはり優輔には勝てないわ。よし、その話乗った。君と桃源郷探してみるわ」

それを聞いた優輔の表情もだんだんと明るくなっていくのが分かった。

「面白くなってきたねぇ。もう少し人を集めてみるのも悪くはないけど、君なら誰よりも理解してもらえると信じていたからね」

「分かっているじゃないか。ところで明日は君も授業なかったよね。早速明日から探しに行こうか」

さすがにこの提案には、優輔も少しばかり驚いているようだったが、すぐに返事が来た。

「そこまで乗り気になるとは思ってなかったわ。でもいいだろう。善は急げ」

「決まりだね。まぁ詳しいことはまた後で決めるとしようか」

この日はここで解散となった。早速私は、知り合いの中に桃源郷について知る者がいないか、ダメ元で探し始めた。案の定そんな人はいなかったので、次に日本の未開の地を簡単に調べた。そのとき、優輔から連絡があり、ちょうど目をつけていた郊外の一端を提案された。私は快諾し、明日の朝八時に最寄りの駅に集合することにした。

二

よく晴れた空の下に私達は約束の時間に約束の場所で待ち合わせて電車に乗った。日常を淡々と過ごすスーツや制服を着た周囲の乗客達に対して私達は日常から脱却し、桃源郷を探しに行くのだという優越感に浸っていた。

「優輔は桃源郷を見つけたらどうするの」

「生憎俺は皮算用をしない主義でね。君はどうなの」

「自分は答えず、人には聞くのかな。正直俺もどうするのかは分かんないけど、もし見つけたとしたら萎《な》えそうだな」

「萎えるのか」

優輔は不思議そうに聞き返した。

「俺は何かを達成したときよりも、達成に向けての過程を楽しいと思う人間なのだ」

「なるほどね」

そんな会話をしながら電車を乗り換え、人混みを感じなくなっていくと共に優越感も薄れていった。その頃合いに目的地に最も近い駅に到着し、そこからバスでできる限り距離を稼いだ。窓から見える景色は規則正しく連なった山々や人影を感じない田畑ばかりで、一般的には殺風景と言われるものだったかもしれない。然し、それでも桃源郷に近づいているという気持ちが、それすらも感慨深いもののように感じさせた。

「理想の地というのは物資が大量にあって豊かさを感じられるのではなくて、余計な物資がなくて豊かさを感じられるのかもね」

私はぼそっと呟くと同時にまた優輔に何を言っているのだと怪訝そうな顔をされるのかと思ったが、意外にもそうだなと頷いているようだった。優輔も桃源郷に向けて気持ちが高ぶっているのだろう。

どれほどの時が経ったのだろうか。バスも終点に到着し、そこから私達は歩き始めた。ただでさえ少なかった人影が、もはやほとんど感じられなくなり、いよいよ完全に人気のない山や森の中を潜っていた。やはり端から見るのと実際にその中に入るのとは、また違ったもののように感じられた。木々は不気味な程に生い茂っており、ゆったりとしたその揺れは見知らぬ人間達を前にして、余裕さえも醸し出し、奥深くへと誘っているようだった。そのような大自然を前に、時を忘れていることをも忘れていた私達はふと我に返った。昼食を取らないまま、気付けば夕方になっていた。

「夕方にしては随分と明るいな。すっかり景色に夢中になっていたが、時間的にお昼御飯兼夜御飯としようか」

優輔の言葉にそうだなとだけ返し、持って来た食事を広げた。私達は無言で食べ続け、そうしているうちにすっかり暗くなってしまったので、寝袋の準備をして後は寝るだけになってしまった。

「当然ながら世界は広いし、今週だけで見つけられるとは到底思えない。また明日ものんびり探索して、明後日には帰ろうかね」

寝袋に包まり、くつろぎながら優輔がそう呟いた。

「少しは本気で見つけようという気になりましたか。粘り強く探すことが大事ですね」

少しからかうように返事をしてみるも、優輔は冷静で面白くなかった。

「まぁ、元から幾らかはあるわ。でないとそもそも来ないし」

「あぁ、そうかい。もう寝ろ」

はいはい、おやすみとさらっと返して優輔は寝始めた。私も旅路の疲れからかすとんと眠りに就いてしまった。

お陰で翌日は朝陽と共に目覚めることができた。昨日の疲れが嘘みたいに取れ、また今日も桃源郷を探し出してやろうという闘志で満ちていた。誰も見たことがない上に、何処に存在しているのか特定できる情報がない、そんなものを探そうなど無謀でしかないとは分かっている。だからこそ期待せず、もはや旅のついでに探している。一方で見つかることを期待しないことで、その予想に反して見つかると期待している自分もいる。

森の中を暫く歩いていると緩やかに流れる川が見えてきた。すると優輔は嬉しそうにこのようなことを口にした。

「川が見えて来たな。桃源郷は川、梅、山、田が重要な要素とされているらしい。あくまで文学上の世界に基づいた話だがね」

いつもは理論的な優輔が、物語の世界からの情報とやらを信じて喜んでいることに、少し奇妙さをも感じた。とはいえ必要な時は情念も持ち込む男でもあるし、私もそのような情念や浪漫を大切にするので突っ込まなかった。

川の流れを辿ったが、その源流には桃源郷らしき地はなかった。

「まぁ、そう簡単に見つかっても面白くないか。記念に山頂まで登ってみようか」

いつもはその提案や発言で驚かせる側の優輔が、今回は私に驚かされる側になったが、提案通り山頂まで登った。そこまで高い山ではなかったが、運動嫌いの優輔には少し苦しそうではあった。

辺りを一望できる景色は素晴らしかったものの、特に桃源郷に繋がるような所は見つからなかった。とはいえ、桃源郷を探すだけの体力は残っていたので、帰り道も捜索に精を入れた。空想科学の世界でありそうな大樹の中の異空間を想像して木の空洞を覗いてみたり、桃源郷は地下にある説を唱え、地下道への入口を探して穴を掘ったりした。当然何も見つからなかった。

結局桃源郷に関する成果は微塵もないまま、この地を去ることになった。然し、期待しないことで旅の楽しさが一層、心の中に残ることとなった。東京に戻ってきてよほど未開の地の風景が気に入ったのか、優輔も私もまた来週にも別の地を訪れようと約束して別れた。

来たる週末、生憎大荒れの空模様で雨足も強まるばかりだったので、前回のような地に行くのは危険だと判断し、延期となった。それでも私の桃源郷探しの意志が消えることはなく、再び週末を迎えた。

三

この日は先週末とは違い、雲一つない晴天となった。それなのに、最初に桃源郷を探しに出掛けた日にはなかった妙な違和感があった。とはいえ、このような日に行かないというのもまた勿体ないことなので、予定通り新たな未開の地へ向かった。そこでの調査方法も前回と何ら変わらず、空想科学と力業を混ぜたようなものであった。

桃源郷らしきものはやはり見つからず、前回と同じように広大な景色だけが意味もなく続いているのを見下ろしているだけだった。ただ今回は、以前のときに比べると感動も少なく、私達の旅が徒労に終わったことへの呆れが出てきたように思える。そのような様子で優輔がこんなことを言い出した。

「若し、桃源郷があるとしたら、普通の方法では見つからないのではないか？　こうしてやみくもに探していても無理な気がする」

更に続けて話し出す。

「そもそも桃源郷なんてないのではないか。火のない所に煙は立たぬと思って探しているけど、冷静に考えたら信憑性がゼロの情報をどんなに集めたってゼロじゃないか。俺達は退屈な日常を抜け出したいがためにどうかしていたのかもしれない」

物事に熱しやすく冷めやすい性格であり、それに加えて疲労感が溜まればそう言い出すのも無理はないだろう。然し、私も疲れている。そして同時に私は一度やると決めたことは止めない。良く言えば責任感が強く、悪く言えば柔軟性がない。普段なら優輔の気持ちを配慮することもできたが、今回は違った。

「今更何を言っているの。初めにそう簡単には見つかるなんて思ってないと言ったのはお前だろ。それなのにたったの二回目でもう止めたいだと。意志が弱いにも程があるだろ」

どうやら私は優輔が想像している以上に苛立っていたようだ。驚いている優輔を差し置いて続けた。

「信憑性がゼロの情報を信じた俺達が可笑しかったか？　俺達？　俺はそんなの信じられないって初めに言ったよな。それでも多数がどうのって言って説得してきたのはお前だよな。異常なのはお前だろ。俺を巻き込むなよ」

さすがに言い過ぎなのは自分でも分かってはいた。然し、疲労感によって引き立てられた怒りに身を任せすぎて、引き返すことができなくなっていた。優輔は平然としているように見えるが、実際は溢れんばかりの憤怒を心に宿しているのが分かる。

「始まりは俺だったかもしれない。確かにこんなことを持ち込んだ俺は可笑しいよな。だが、俺は初めから本気で見つけようとなんて思ってもいない、あったらいいよなという感情で探しに行こうと言ったのも確かだ。それをお前が勝手に盛り上がって勝手に本気になって挙句の果てにはその感情を俺に押し付けてキレる。それでもお前は自分が微塵も可笑しくないと言うのか」

主張は理解できるが、優輔が発端であることを軽く考えていることに責任感の欠如を感じて余計腹が立った。

「感情の押し付け？　被害者面も大概にしてくれ。お前はただ持ち込んだだけじゃない。俺をその気にさせようと煽っただろ。それで勝手に盛り上がって勝手に本気にしたって言い方はないでしょ。自分が事の発端だということを軽く考え過ぎだ」

さすがの優輔も今回ばかりは怒りを露わにして返してきた。

「あぁ、そうかい。好きに解釈すればいい。そんなこと話しても多分纏まらないだろうからね。だったらこれからは一人で来ればいいじゃないか。それだけのことなのに止めようとする人をいつまでも引き留めて責めてくる、それを感情の押し付けと言わずに何と言うのだ」

一歩も引こうとしない態度に嘗てない程の怒りを覚え、理性も働く前に優輔の胸倉を掴んでしまった。それに抵抗するのは当然の事であるはずなのに、驚いてしまった私は更に力を込めて押し返してしまった。

その後に何が起こったのか全く覚えていない。ただ気付いた頃にはそこに優輔の姿はなく、私は肩で息をしながら呆然と突っ立っていた。背筋に凍る感じがして力なく見下ろすと、崖の下の地面に打ち付けられて動作一つ見せない優輔の姿があった。

この瞬間、この場でできたのは優輔の名と悔恨の念を叫ぶことだけだった。ただひたすら繰り返し叫ぶ。誰にも届くはずのない叫びを喉が潰れるまでただひたすら繰り返す。

優輔の言葉が脳裏を過る。私のしていることは感情の押し付けだというあのときの会話が蘇る。桃源郷探しが馬鹿げていることなど分かっている。そんな馬鹿げたこともお前となら楽しい、これからも一緒に旅に出たい、ただそう言ってほしかっただけだ。然し、たったそれだけの感情を押し付け、優輔を心身共に追い込んでしまった。感情を押し付けた結果、それが満たされることがなくなる、これ程の皮肉が何処にあるのだろうか。

思考が身体に追いつかず、同時に身体も思考に追いつかずにいた。かろうじて先に動き出したのは身体であったが、生きた心地は全くなかった。

四

　こうしてどれ程の時が経ったのだろう。いつの間にか辺りは霧に包まれており、朝の快晴は跡形もなく幻と化した。そんなことお構いなく彷徨《さまよ》い続けていると、先程までは広大な土地が広がるだけで何もなかった所に巨大な街の影がぼんやりと浮かび始めた。

「どこから現れたのだ？　まさかあれが桃源郷なのか」

　僅かな驚きは湧いたものの、未だに呆然としており、とぼとぼと生気なく歩いた。時間をも忘れてただひたすら影の方面に引っ張られるように進み続けた。

　気付いた頃には、急傾斜で足を踏み外していた。異常な程に時の流れが遅く感じ、恐らく人生の中で最も冷静さを保っていた瞬間であった。大抵の場合、人間が罰を受けるのはその罪を忘れた頃になると思っていた。随分と早く罪の清算の時間がやって来たなと思ったが、遅かれ早かれ裁きを受けるのなら罪がこの身に刻まれているうちがいい、そういう風にも感じられた。

「それだけ無念だったのだな、優輔。勿論分かっているよ。俺も君の所に向かって額が磨り減るまで謝罪するとしようか。それとも黙って地獄に堕ちた方がいいかい」

かなり長いこと転がっていたように感じたが、特に致命傷を負うことはなかった。ただ右脚を想像以上に強く打ち付けてしまい、歩くのに支障をきたす程であった。

「そう簡単には死なせてはくれないというわけかね」

生き長らえてしまった以上は仕方がない。このまま這いつくばっていてはどうしようもないので何か掴む物はないか探し、立ち上がろうとした。するとあたかも事前に準備していたかのように長くて太い木の棒がすぐ近くに落ちていた。私はそこまで何とか身体を引き寄せ、それを使って起き上がって再び歩き出した。

右脚を引きずりながら無心に歩き続けると目の前にはあの影の主と思われる地が姿を現した。空はすっかり暗くなっており、街の温かい灯りが一層際立っていた。そして見えてきたのは伝統的ながら先駆性すらも感じさせる建物、都会のように栄えていながらも騒々しさを感じさせない街並みだった。緑の葉を優雅に揺らす梅の木々は壮大ながらもいつの日かの不気味さはなく、生命の息吹を送ってくれる。桃源郷と呼ぶのにふさわしい地が確かに私の目の前に聳《そび》え立っているのだ。

心身共に限界が近づいており、今にも倒れそうな私の元に一人の男が駆け寄って来た。体格はかなりがっしりとしており、大丈夫ですかと一声掛けて私をひょいっと背に乗せて進み出す。私は大丈夫ですと言う前に安心感から目を閉じてしまった。

意識が戻った頃には、古宿の一室のような空間で横たわっていた。右脚の痛みが若干残ってはいたが、しっかりと包帯が巻かれていて、応急処置の跡が見られた。灯りは程よく辺りを照らしていて、嫌らしい眩しさがなかった。

「気が付いたようですね」

声の方を向くと私を助けてくれた体格の良い男が優しい瞳をこちらに向けていた。

「先程は助けてくださり、ありがとうございました。お礼も言えずに申し訳なかったです」

男は微笑みながらそんなの構わないですよと言って近くにあった椅子に腰を下ろした。

「若し、お腹が空いているようでしたら、そちらに簡単な食事がありますので、お召し上がりください」

指示された方向を見ると、確かに食事があった。今日一日色々なことが起こり過ぎて、食欲がないと思った途端、腹が鳴り始めた。私は御膳を膝元に寄せて箸を手に取った。白米、漬物、味噌汁、出汁巻き卵、そして肉の包み焼きと、特別な物はないはずなのに心が躍った。

「お気に召していただけるといいのですが……。冷めていたら温め直しますよ」

「いいえ、大丈夫です。あまりに私の好みに合っていて驚いただけです。因みにこの肉は牛の肉ですか」

私がそう尋ねると男は微笑んで答える。

「ええ、牛の肉です。ただここでは動物、もっと言えば痛みを感じる生き物の殺生は禁じられています」

「えぇ……、つまり貴方は違反してまでも私のためにこんな食事を用意したのですか」

男は表情を変えず続けた。

「違いますよ。ここで作られる肉は全て動物の細胞を培養または大豆などの植物を利用して作った肉なのです」

私もその存在は知っている。然し、身の周りではまだそこまで出回っていないのに、ここではそれを当たり前とするところまで技術が発展している、その事実に驚きを隠せなかった。

「因みに私は農場及び培養した細胞を管理する仕事をしています」

私の理想としていることが、ここでは実現されている、その現場をこの目に焼き付けておきたいと思った私は咄嗟に呼び掛けた。

「明日、貴方の農場とこの街の様子を案内してもらえないでしょうか」

男は私がそのように言うことを察知していたかのように迷う様子もなく快諾した。

「ありがとうございます。こんなに素晴らしい食事まで用意してくださった上に図々しい頼みまで聞いてくださって」

男はやはり微笑んだまま答える。

「ここでは衣食住と医療に困る人間はほとんどいません。勿論豪勢ではありませんけれどもね」

その一例として食に関して生産する上での失敗作や家庭で余った物、期限が近い若しくは過ぎている物でも、ほとんど廃棄されることはないらしい。それらの食料は冷凍技術や別用途への加工等を利用して、必要とする人の元へ回ってくるようだ。所謂食料銀行という形態が広く浸透しているようだ。

「一つだけ疑問があります。確かに冷凍技術の利用というのは理想的だと思いますが、一連の費用や質の低下はどう賄うのですか」

「簡単な話で寄付と効率、そして受け取る人間の寛容と謙虚だよ。ではまた明日」

私は理解できているのかどうかよく分からず、ふわふわした気持ちのまま頭を下げた。

「ここはまさに桃源郷だ。俺の理想が実現されている。優輔、君はどう思う」

もう優輔が隣にいないということを、すっかり忘れて話し掛けていた。気付いたときには高揚感に加えて、一連の出来事を共有する相手のいないことに対する虚しさを感じていた。そして、その気持ちが消えることなく夜明けを迎えた。

男は約束通り私を車に乗せて農場まで連れて行ってくれた。その移動中私はあることに気付いた。踏切がほとんど見られないのだ。

「ここには電車がないのですか」

「ありますよ、ただ一線を除いて全て地下に線路が作られています」

滑らかな移動は労働力の確保や精神安定をもたらす。更に地下でも農産物の栽培が図られるように、線路以外でも充実させることで、非常時の第二の都市を目指しているという。

そして農場に到着すると、数名の男達が作業をしていた。特に印象的だったのが髪をびしっと整え、すらりとした如何にも会社員という風貌の男が、楽しそうに他の人々と話しながら手を動かしていることだった。聞くとやはり普段は近くの会社で働いており、休み時間や仕事終わりに立ち寄って農作業をしていくらしい。彼は気さくな性格のようで帰り際、私に話し掛けてきた。

「松葉杖の兄ちゃん、怪我は大丈夫かい？　それにしてもさっき俺をなんでこの人がここで作業しているのだろうって表情で見ていたね」

「お気遣いありがとうございます。やはりお気付きでしたか」

「まぁね。俺にとってここはお金の掛からない運動場でね。加えて賄いまで貰えたときは最高だよ」

そう屈託のない笑顔で話す彼は全く疲れを感じさせないどころか、気力があり余っているようにまで見える。

「それにね、本業にも良い影響があるのさ。こうして色んな人と喋ると社内では浮かび得ない発想を貰えることがあるからね」

彼が放つ生気に釣られるように少しずつ私の心の傷も癒え、活力が湧いてくる。彼の話には不思議な魅力があるように思えた。どうやら昼休憩が終わるようで、賄いの肉と茄子を抱えて軽やかに去っていった。

その様子を見送り、解放感や寛容さのようなものが良い循環を生み出すのだろうとぼんやり考えていると、私は男に案内されて牧場に移った。家畜の数は少ないもののの、一匹一匹が大切にされており、十分な餌、水、衛生、空間が整っていたように思える。その分長期に渡って健康的な細胞を提供してもらうことができるため、それを培養して少ない頭数でも一定数の肉を生産できるそうだ。

また、見学に来る者も歓迎していて、今日は学校帰りの子供が何名かいた。牛や豚と触れ合ったり、鶏と追いかけっこしたりする彼らの姿があまりに微笑ましく、この純真さをいつまでも忘れないでほしいと強く感じた。

「それにしてもこれ程大きい農場を、決して多いとは言えない人手で運営されていて凄いですね」

私が呟くように言うと、男は照れ臭そうにしながらもすぐに表情を戻し、真剣に答えた。

「やはり最低限の生活が保障されているので、多少失敗してもいいやと思いながら空き地を利用して広げていきました。あとは資金や人的な寄付、人の寛容さに救われましたね」

男の作業場を見て私はふと感じたことがあった。ここでは単純作業の多くは機械によって賄われており、その操作や人との会話及びそこで出てくる発想や感情を大切にしているのではないだろうか。労働はしたい人がすればよく、全ての人がすべきは労働ではなく生きることであると示しているように思えた。それを男に尋ねると、面白い視点を持っていると満足げに聞いているばかりであった。

窓から、子供達が梅の木に登って元気に遊んでいるのが見える。体を動かしたり、外の世界を見渡したりするきっかけになるのなら、寧ろ良いのではないかと考える人が多く、自由に登ることが許されているそうだ。

こうして男の家に戻ってくると、玄関では飼い犬が白くて丸まった尻尾を振りながら待っていた。私も以前犬を飼っていたこともあって愛着が湧いていた上に、その犬も飼主に似て人懐っこい性格であったため、余計に可愛らしかった。

「とことん可愛い子ですね。私もまた犬飼いたいです」

「簡単には飼えません。飼う資格があるか厳しい審査を通り、その上で子犬を生ませて渡されるのです。勝手に生んで売買したり、捨てたりしたら罰もかなり厳しいですし」

なるほど、やはり命や感情ある生き物を無責任に生産することは許されないというわけか。厳しいと思う人もいそうではあるが、私にとっては必要な厳しさであると感じた。

五

横になって今日一日、私の理想に適った様々な物事を見ることができたという満足感を膨らませていた。然し、その感情で満たされることはなく、心の奥底では優輔にもこの光景を見せたかったとか、優輔だったらこの街のことをどう思うだろうかとか考えていた。そのとき、私の心は一つの想いに収束した。

「ここは私の理想郷ではあるが、桃源郷ではない」

そう思った途端に深い眠りに落ち、目が覚めるとそこには徒に自然が広がっているだけで、私が見ていた景色は跡形もなく消えていたのだ。すると崖の上から大きな声が聞こえ、見上げると優輔が笑顔で叫んでいた。

「おーい、今日はもう遅いから帰るぞ。桃源郷はまた来週探しに行こう」

あの絶望的な瞬間と桃源郷の両方が幻だったのだという嬉しさと虚しさが残っていた。今、私は優輔の元に向かおうと足元の松葉杖を取って立ち上がろうとしている。

あとがき

この度は貴重なお時間を使って拙書をお手に取っていただき、誠にありがとうございます。面白かった、つまらなかった、共感した、よく分からなかった等、感想は様々かと思いますが、何としても伝えたいと譲れない要素もございます。そのため、締め括りとしてその点についてお話ししたく、筆を執らせていただきました。

まず、私が本書を作成させていただいた理由が二点程ございます。一つは若いうちに実現したかったということです。現在、私は二十三歳の若造ですが、五年後や十年後、確実に生きているかと言えばその保証はないでしょうし、仮に生きていたとしてもそのときに小説を書き続けている、或いは出版する余裕があるとも限りません。未だ経済的にも時間的にも余力がある今だからこそ叶えたい夢の一つとして出版させていただいたのです。

そしてもう一つはもっと多くの方々に自分の考えや想いを伝えたかったからです。私自身小説を書くことについて特別何かを学んだわけでも本を年間に何冊も読む人間というわけでもございません。おまけに飽き性です。そのため、入り組んだ内容だったり、緻密な描写を重ねながらも読者を飽きさせないような作品を作ったりすることは今の私には難しいかと思います（いつかは長編小説の作成にも挑戦してみたいですが……）。それでもメッセージ性を大切にしながら自身が思うままに書き、不安を抱きながらも世に晒すことで自分も何かを表現したいという方が少しでも増えればなと思います。それは勿論書き表すこと以外にも様々な手段がありますから、その点については各々がしたいようにすればよいでしょう。

日常にＡＩが導入されたり、機械化が進んだりする中で思考することだけは永遠に人間の特権だと物心付いた頃から信じています。そして、その思想こそが世の中をもっと明るく、もっと生きやすくする鍵になるでしょう。然し、その逆の事象も大いにあり得ます。自身の思想に入り浸り、押し付け合いが始まればかえって争いの火種となり、誰かを悲しませることになりましょう。そのような状況は現代まで続いているのではないでしょうか。

独りよがりではいけないのです。各々が胸に抱く理想というのは他人にとっては受け入れ難いものである可能性があります。だからこそ各々の思想を表現し、聞く、話し合う、そして他者のものを踏まえて己の思想を磨き続けていくことが大事なのではないでしょうか。それを表現するために作ったのが『桃源郷』です。主人公は、桃源郷を探し出したいという自身の感情を押し通した結果、優輔を崖から突き落としてしまい、挙げ句の果てに桃源郷と思われた地を見つけるも優輔の感想を聞くこともできず、己にとっての理想郷でしかないことに気付かされてしまうのです。そして桃源郷含め体験した出来事全てが幻だったという結末ですが、ここでおかしな点に気付いた方はいらっしゃるでしょうか。

桃源郷が幻だったのにも拘わらず、なぜ足元に松葉杖があったのでしょうか。是非ここは皆様の解釈に委ねたいのですが、私の解釈を表現するために鍵となる要素を二つ紹介させていただきます。

一つ目の鍵、桃源郷の存在だけが幻だったのかということ。現実から目を背けたいとき、自分が見たいと思う光景を見たり、それを現実だと思い込んだりすることはありませんか。

もう一つは、足元の松葉杖が松葉杖という物質そのものを意味するのかということ。この最後の場面で登場した松葉杖が人を支える象徴であるとしたら、「私」を支えていたのは一体何でしょうか。或いは誰でしょうか。

この問いに関して私自身の見解はありますが、明日には考えを翻すかもしれません。何しろ、探し回っている途中なのですから……。

さて、ここからは順を追って解説致します。まず、『魔女の涙』についてですが、こちらは中世李氏朝鮮を舞台としたフィクションでございます。私自身韓流ドラマをよく観ており、特に朝鮮史が好きで高校の卒業研究でも取り扱いました。そのため、今回不慣れながら小説という形式でもお話を作ってみました。

ここで伝えたいのは最後にもまとめたように「ギブアンドテイクの精神」でございます。相手がどのような容姿であれ、どのような存在であれ、何かをしてもらったらお礼をする、恩返しをするという至って当たり前のことが実は非常に難しいのではないかと思います。全員がそれを実行できれば平和が訪れるはずですが、現実ではそうはいかず、反対に憎しみが連鎖されて争いが絶えません。ユンの母が試みたように憎しみが断ち切れる程に恩返しが連鎖されていくことを願うばかりでございます。

続いて『海底農園』では、剣術を長く続けてきたのにも拘わらず、才能や楽しみを見出すことができない武司の苦悩が垣間見えるかと思います。大小あれど似たような経験をしている方も多いのではないでしょうか。何かに打ち込むからには楽しんだり、良い成績を収めたりしたいものです。然し、やはり上には上がいると実感したり、どこか越えられる気がしない壁にぶち当たったりと、絶望したくなるようなことも多いものです。

けれども、できることならば諦めないでほしいのです。勿論逃げることや手を引くことも必要なので、そこはご自身の本能にお任せしてよいかと思います。ただ、一方で長く続けることでしか見えてこない景色もあるのです。勇也は能力も楽しむ気持ちも持ち合わせていましたが、一度の大きな挫折で諦めてしまいます。それに対して、武司はプレイヤーとしての戦績は芳しくありませんでしたが、指導者としての適性や楽しさを見出し、やりがいに繋げることができたのです。

その夢は虚しくも春馬の死によって散ってしまいますが、それでも今度は美奈という最愛の女性に出会うことができました。そして、海底に閉じ込められた後にも不思議な縁によって結ばれ続け、切なくも穏やかに過ごし続けることでしょう。

然し、永遠に続くことなんて現実には存在せず、武司が思っていたように、我々も変化に対応していかなければならないのです。永い時の流れと共に移りゆく森羅万象の中に、「私とは何者か、個性とは何か」という問いの答えを見出していくのが人生というものかもしれませんね。

ただし、その答えは壮大なものでなければならないというわけではありません。他人より劣っているから、何の成果も残していないからと自分を卑下する必要はなく、少しでも自分に合った楽しみを見つけられたらそれでいいのです。そのような軽やかな思考を、敢えてこの重い物語から感じ取っていただければと思います。

さすがに重いお話が二つ続いたので、箸休めに若い方にも読んでもらえそうな『呪いの宝石』と『腰痛先生』を組み込みました。人間味溢れる二話を通して、少しでも前向きな気持ちになっていただければと思います。

そして『桃源郷』の前には、日本史と朝鮮史を織り交ぜた『狂輝堕昇』を掲載しました。私自身日本史に関して深い知識があるわけではないので、当然調べながらの執筆となりました。また、史実や時系列からかけ離れた内容も含めました。題名にあるように人物が輝いて高みに昇りつめたり、反対に悲しみや怒りから狂い、堕落したりするその流れを感じ取っていただければと思います。

前半は日本国内で信雄に焦点を当てたお話となっております。注目していただきたいのは戦績もなく怒りやすい、まさに駄目人間の信雄と真面目で戦績も申し分ない信孝の比較です。誰もが信孝の成功を予想すると思いますが、長期的に成功したのは信雄でした。その理由が朝鮮と交流する家康の言葉にあるのです。

「もう一人は怒りっぽく、適当な性格であったため、一度怒りを発散し、その後は深く考えませんでした。然し、同時に人の話はよく聞き、疑問や自分の考えを常にぶつける性格でもあったため、周りからの助言を受けて時間をかけて逆転したのです」

このもう一人というのが信孝と比較されている信雄だと皆様もお気付きでしょう。信孝も真面目ではありますが、庶子という劣等感にいつまでも縛られ続け、自分の世界に閉じこもることで他を受け付けませんでした。追い込まれた結果として勝家と手を組むという安易な大博打に走り、破滅へ向かうこととなります。一方の信雄は負の感情は発散し、適当に流すことでいざというときに他人の助言に耳を傾け、自分の中で消化することができたのです。これが二人の命運を分ける差だったのでしょう。

同時に家康は信雄のことを感情に振り回されて落ちぶれたとも言っています。感情をコントロールするのは人間関係において非常に大事なことです。然し、いざというところで見せられる感情程その人のストーリーを象徴するものは少ないのではないでしょうか。信雄の結末は華やかではなくとも、雄吉のことを思い、家康に対して反発したり、独り涙を流したりして感情を爆発させていく生き様に私は憧れすら抱きました。ちなみに家康の身内が、雄吉と同じような犠牲を強いられたとしても、家康は冷静でいられるのでしょうかね。いずれにせよ感情を放任せずに管理し、譲れないところは剥き出しにしていく、そのような生き方を私はしていきたい所存です。

一通り解説してきましたが、如何だったでしょうか。勿論伝えたいことは多々あるのですが、何よりも物語の深淵を楽しみ、読み終えた後の重々しいものから解放されるような軽やかな感覚を純粋に味わっていただけたらと思います。そして、ゆくゆくは自分の考えとリンクさせて落とし込んでいき、自身を表現していくような方が少しでも増えていけば幸いでございます。繰り返しにはなりますが、大小あれど、人には皆個性や思想があり、それを研磨し合うことでより良い未来が創られると考えています。自己満足かもしれませんが、その一端を担う機会をくださった幻冬舎ルネッサンスの皆様に感謝を申し上げ、あとがきとさせていただきます。

〈著者紹介〉
白井忠彦（しらい ただひこ）
2001年東京都生まれ。大学卒業後は一般企業に就職し、仕事の傍ら幼い頃の夢であった小説出版を実現。農業に挑戦したいが、特に年末の筋トレ以降、椎間板ヘルニアに悩まされているため、小さな家庭菜園から始めようとしている。正直著作活動も命がけ（嘘）であるが、腰痛と飽き性に負けず、長編小説の作成も目指す。

兎《と》角《かく》儚《はかな》きこの世《よ》は

2024年7月31日　第1刷発行

著　者　　白井忠彦
発行人　　久保田貴幸

発行元　　株式会社 幻冬舎メディアコンサルティング
〒151-0051　東京都渋谷区千駄ヶ谷4-9-7
電話　03-5411-6440（編集）

発売元　　株式会社 幻冬舎
〒151-0051　東京都渋谷区千駄ヶ谷4-9-7
電話　03-5411-6222（営業）

印刷・製本　中央精版印刷株式会社
装　丁　　村上次郎

検印廃止

Printed in Japan
ISBN 978-4-344-69090-5 C0093
幻冬舎メディアコンサルティングＨＰ
https://www.gentosha-mc.com/